年画传奇

年画传奇

艺术指导：
天津大学冯骥才文学艺术研究院
中国木版年画研究中心

人民文学出版社编辑部 编

人民文学出版社

图书在版编目（CIP）数据

年画传奇/人民文学出版社编辑部编. --北京：人民文学出版社，2024
ISBN 978-7-02-018397-5

Ⅰ. ①年… Ⅱ. ①人… Ⅲ. ①民间故事-作品集-中国 Ⅳ. ①I277.3

中国国家版本馆CIP数据核字(2023)第252007号

策划编辑	脚　印
责任编辑	王　蔚
装帧设计	刘　静
责任印制	苏文强

出版发行	人民文学出版社
社　　址	北京市朝内大街166号
邮政编码	100705

印　　刷	北京盛通印刷股份有限公司
经　　销	全国新华书店等

字　　数	183千字
开　　本	890毫米×1290毫米　1/32
印　　张	8.75　插页5
版　　次	2024年2月北京第1版
印　　次	2024年2月第1次印刷

书　　号	978-7-02-018397-5
定　　价	56.00元

如有印装质量问题,请与本社图书销售中心调换。电话:010-65233595

目 录

历史传说

一、神农尝百草　　　　　3

二、大禹治水　　　　　　8

三、孔子拜师　　　　　　15

四、范蠡三聚三散　　　　19

五、鲁班造锯　　　　　　25

六、桃园三结义　　　　　29

七、木兰从军　　　　　　35

八、武将当门神　　　　　40

九、药王孙思邈　　　　　50

十、五子登科　　　　　　56

十一、包公审石头　　　　61

十二、岳母刺字　　　　　68

十三、朱元璋发配城隍　　73

神仙奇事

一、土地神的香火袋　　81
二、妈祖的故事　　87
三、灶王爷撞灶台　　92
四、观音募建洛阳桥　　96
五、嫦娥奔月　　102
六、和合二仙　　108
七、宝莲灯　　117
八、八仙过海　　124
九、麻姑祝寿　　130
十、张天师降妖　　136
十一、济公募化木材　　142
十二、钟馗的故事　　146
十三、沈万三的聚宝盆　　153

神奇动物

一、夕兽	163
二、老鼠嫁女	170
三、牛王爷	174
四、猛虎图	182
五、兔儿爷	190
六、龙的故事（二则）	194
七、白蛇传	201
八、金马驹	210
九、公正的神羊	217
十、华山的猴子	223
十一、神鸟金鸡	229
十二、天狗吞月	236
十三、小河里的金猪	241
十四、鲤鱼跃龙门	250
十五、神鹰镇宅	256
十六、驴子的夜眼	259

附录

中国木版年画的人文价值／冯骥才　265

历史传说

一、神农尝百草

神农，即炎帝，是中华民族的人文始祖，传说中农业和医药的发明者、原始农业社会的首领。神农手持禾穗，象征着他是五谷神，这株禾穗据说是丹雀衔来的九穗禾，落地后，神农捡起来种在地里，教会百姓开播五谷。

传说在上古时期，人们主要靠打猎为生，因为能吃的谷物、治病的药草和无数杂草长在了一起，人们不会分辨，根本不知道它们的价值。如果哪天打不到猎物，大家就只好饿肚子。

另外，当时瘟疫横行，许多人因为得不到治疗而死去，百姓苦不堪言。神农是当时南方的首领，他看到这样的情况心里非常着急，决心为大家解决问题。他想了三天三夜，最后决定进山寻找、鉴别能治病的药草。

他从家乡出发，走了好久，终于来到一座大山脚下，爬上去，只见山高谷深，长满了奇花异草，草药的香气扑鼻而来。这里一定有要找的植物！神农高兴极了，正往前走，突然从峡谷里窜出来一群狼虫虎豹，把他团团围住。神农毫无畏惧，挥舞自己的神

神农采药图

产地：应县

年代：辽代

　　此图非年画。应县佛宫寺释迦塔（俗称应县木塔）内发现的《神农采药图》《药师琉璃光佛》《南无释迦牟尼佛像》等，为研究辽代民间美术提供了重要依据。《神农采药图》，纵70厘米，横38.6厘米，麻纸，外貌平滑，原为条幅，有竹制天杆，未见画轴，现已装裱为立轴。画的线条流畅，形象生动，色调和谐。图中赤脚的神农（炎帝）背着药篓，披着兽皮，围着用树叶做成的衣服，一手持药锄，一手举灵芝，走在山间小路上，画面清晰，线条流畅。

鞭与野兽们搏斗，打走一批，又拥上来一批，一直打了七天七夜，才把野兽都赶跑了。传说从前很多野兽身上是没有斑纹的，它们被神农的神鞭打出一条条、一块块伤痕之后，才变成了身上的斑纹，一直留到现在。

赶走了野兽，神农继续往前走。他进了峡谷，来到一座茫茫大山脚下。这山半截插在云彩里，四面是刀切崖，崖上挂着瀑布，长着青苔，看来没有登天的梯子是上不去的。这怎么往前走呢？神农站在一个小石山上，对着高山思索。这时，他看见几只猴子，顺着高悬的古藤和倒在峭壁上的朽木爬上爬下。神农灵机一动，有了办法。他砍树干，割藤条，靠着山崖搭成天梯。神农攀着天梯，上了山顶。

山顶上是个花草的世界，五颜六色，十分丰茂。神农喜欢极了，他采摘花草，放到嘴里尝。哪些草是苦的，哪些热，哪些凉，哪些能充饥，哪些能医病，都写得清清楚楚。

有一天，神农无意中尝到了一种有毒的草，感到头晕目眩，他赶紧背靠身边的一棵大树坐下，闭目休息。这时，一阵风吹来，大树上落下几片绿油油的带着清香的叶子，神农拿起来两片放在嘴里咀嚼，没想到一股清香油然而生，顿时感觉神清气爽、精神振奋，刚才的头晕感一扫而空。传说神农当时背靠的是一棵茶树，我们现在喝的茶就是这样被神农发现的。后来，神农每次尝草中毒，都先用茶叶来解毒。

神农在山中一直尝了七七四十九天，寻遍了这里的各种植物。

田祖
年代：清代
产地：滑县

他尝出了稻、黍、稷、麦、菽能充饥，就把种子带回去，让黎民百姓种植，这就是后来的五谷。他尝出了三百六十五种草药，也记录下来分发出去，为天下百姓治病。

就这样，神农为黎民百姓找到了充饥的五谷和治病的草药。从此，老百姓都说：神农尝百草，瘟疫得夷平。传说他一天里中过七十次毒，也有人说，凡经神农那根赭色的神鞭抽打的草药，他立即就能辨别出它的毒性或药性。

人们为了感谢神农的功德，称他为医药的祖师爷，并为他修了庙宇，四时祭祀。

二、大禹治水

大禹治水是中国古代的著名神话。大禹是黄帝的后代,因治黄河水有功被封为禹王。禹王治水,遇水神无支祁(亦作"巫支祈")作怪。禹王率众打败无支祁,并将其擒获,压于浮山之下,水患由此平息。

相传上古时期,有一年洪水滔天,百姓苦不堪言,于是舜帝派鲧去治理洪水。但是,蛟龙在水中作怪,水母从水底掀起巨浪,淮水和泗水的洪水泛滥成灾,鲧费了很大的力气也治不住洪水。舜帝责罚了鲧,又派鲧的儿子大禹去继续治水。

大禹来到洪水泛滥的河段,先观察地形。他手里拿着一件宝物,名叫定海神针,可长可短,变化无穷,拿到洪水之中探试深浅。各处一探,就知道了水底的地形。

神针探到浮山这个地方的时候,只见水流激荡,波涛汹涌。大禹知道这是治理水灾的关键地点,于是备好了各种祭品,诚心祭祀各路水神。祭祀仪式结束后,水面一下子平静了,浪花不再翻滚,水位也慢慢低了下来。大禹往水中一看,水正从浮山底下一股一股地往外冒,原来水中有无数蛟龙水怪在兴风作浪。

大禹拔出神剑，冲上去与它们搏斗，一番大战后斩了多条蛟龙，同时又捉住了一个大怪物。大禹刚想提剑也斩了它，怪物忽然开口说话了："神王不要斩我，治水的事我可助您一臂之力，若斩了我，则治水必不能成功。"

大禹说："留你有什么用，说来听听？"

怪物说："神王听说过吗？若要水势灭除，就得堵住浮山穴。我能将浮山穴口塞住，让水势不再泛滥，神王就可以治水了。"

大禹听了，便把剑收起来说道："这样的话，我先留着你。"转念又想，"这会不会是怪物的脱逃之计？如果放它下水，到了穴中不肯出来，那想要再抓可就费力了。"

大禹很快想到了办法，拿出一条有神力的锁链，让人锁住那怪物，叫它下水堵住水口。怪物知道禹王看透了它的计谋，将身子一摇，变成一条小小的青蛇，想溜走。谁知怪物的身体变小的同时，那铁链也随之变小了，依旧紧锁着怪物。

怪物想："变小了不能逃脱，那也许变大后可以。"然后它摇身一变，变成一个庞大的怪物，比之前还要大几十倍，似龙非龙，似龟非龟，长有数十丈，宽有三四丈，张牙舞爪，面目狰狞，叫声如雷鸣一般震耳。

这头巨大的怪兽真是令人生畏，它正想往水里钻，没想到身上那铁链也变大了几十倍，坚硬无比，任凭怪兽力气再大也挣脱不开。怪物又惊又慌，爪子揪住铁链乱扯乱扭，可哪里扭得断呢！

怪物咆哮起来，朝着大禹劈面扑来。禹王擎住锁链，一下就把

堯初封陶後封唐今平
陽府堯在位七十載而
禪於舜舜在位五十載
而禪於禹此
言堯舜以天
子之位土地
之富推讓以與人也

舜帝

禹王

推位讓國 有虞陶唐
嗣是而堯舜 則以禪讓而
有天下 推使之去己也讓
以之與人也 位君位也國
土地也雲堯舜氏因
以為有天下之號

推位让国
年代：清末
产地：杨柳青

　　画面故事取自《史记·五帝本纪》。尧任部落联盟首领时，四岳推举贤能的舜为继承人。尧对舜进行考核后，令其摄位行政。尧死后，舜继位。舜老了以后，同样用推举的办法，选出治水有功的禹为继承人，此即"禅让"。

怪兽拽倒在地，然后用剑指着它说："快快下水堵住穴口，免得我动手。"然后又用力一拉锁链，疼得怪物变回了原形。

怪物明白自己不是大禹的对手，于是哀求道："神王不要扯动铁链了，我情愿下水堵塞穴口，助你治水。"大禹同意再给它一次机会，但是始终没有放开手中的锁链。怪物往水中一跳，分开水面，踏开浪花，瞬间消失得无影无踪。

等了半天，禹王觉得手中铁链开始发沉。一会儿后水势渐缓，不像之前那样汹涌泛滥了。禹王知道是那只怪兽把水口堵住了，便用定海神针挽住铁链，然后命工匠凿山掘地，把水疏通。

就这样，大禹疏通了黄河的九条支流，还疏通了济水、洛水。黄河水终于顺利地东流到大海。大禹又率人给汝水、汉水挖开缺口，引导水流，清除淮水、泗水的水道淤泥，让它们汇入长江。做完这些，大禹治水终于大功告成。

灾难结束了，天下恢复了正常状态，百姓又可以安居乐业了。禹王想起那只在浮山底下堵着水穴的怪兽，想看看它后来怎样了，于是前往浮山。大禹先祭拜了浮山的各种神灵，又派人在浮山周围筑起土埂，把水排干，这样就可以下到浮山底下去了。大禹看见那怪物蹲在穴中，用身体堵住水口，只露一些小缝，涓涓细流从缝中流出，可以灌溉田园，应该不会再成为水患了。

大禹很高兴，对怪物说："治水成功，有你的功劳，你如今安心守住水口，我让天下苍生祭拜你、供奉你，等你的罪孽消除干净，就可以重获自由了。但是你若乱来，我还要惩治你，毕竟你曾经给

禹王锁蛟
年代：清代
产地：临汾

人间造成很大的灾难。"

然后，大禹把斩妖剑悬在水穴中，把定海神针横在穴口，又念咒请各路水神来轮流看守。怪物心里还有点不乐意，但见到这些法物镇着自己，也无可奈何，便说道："神王之命怎敢不从，可是我在水底长时间不能动弹，腿脚都有点麻了。现在水已平静，期盼神王放我上去走动走动吧。"

禹王说："此穴只有你的神力才能堵住，我封你为水母大王，命人间祭祀你。你若想出来，除非看见铁树开花，否则就不能动。"水母大王没办法，只能安心等待，耐心守穴了。

大禹安排完毕，派人拆去围着的土埂，水势迅速把穴口淹没。禹王又给浮山顶上填土增高，使它更加牢固。

水母大王就这样百千年地堵着洞穴，难受的时候，就用四足撑起身体，舒展一下，这时，身体就遮不住穴口了，水就散漫涌出。因此淮水、泗水两岸的居民，有时还会遭遇水患。而浮山这时候也会随水位的上涨而变高，等水位下落时，山也随之变矮。

大禹治水有功，在人间的威望很高。后来舜帝让他继承了王位，大家称他为"禹王"。相传九州就是大禹给划分出来的。

三、孔子拜师

孔子，名丘，字仲尼，春秋末期鲁国人，思想家、教育家，儒家学派的创始人。他的学说影响深远，后世有"天不生仲尼，万古如长夜"的美誉。明代，孔子被称为"至圣先师"，被尊为圣人，是天下人的老师。

孔子是至圣先师，那么孔子有老师吗？传说老子是他拜过的老师，而《孔子拜师》讲了孔子拜一个儿童为师的故事。《三字经》记载：昔仲尼，师项橐，古圣贤，尚勤学。仲尼就是孔子，项橐是中国古代的神童。传说孔子拜项橐为师的时候，项橐才七岁。

项橐七岁时就很有自己的想法了。有一天，他在一条小路边玩，用一些土堆成了一座城的模样，自己在土圈中间坐着。

过了一会，碰巧孔子的车马过来了，小路有点窄，马车走过去有可能会轧到项橐在路边堆的土城，但项橐没有惊慌。

马车停了，孔子问项橐："你这小孩在堆什么？快躲开，我的车可要轧过去了！"

项橐说："从古到今，我听说只有车避开城，还没听说过城要

万代师表

年代: 清代
产地: 高密

此是"祀圣图"。孔子号称"素王",故头戴冕旒,头环灵光,显现了他作为"至圣先师""万代师表"的崇高地位。两旁配有四位著名的门人,皆有"圣号"。下画一瑞兽麒麟,意为读书之人,只要读圣贤之书,慕儒门之业,就可功成名就。

避开车。"

孔子觉得这个孩子不简单,便下了车,还让车夫避开那个小土圈,赶车从旁边绕了过去。

他想考考眼前这个孩子,便问项橐:"你知道什么山没有石头?什么水没有鱼?什么门关不上?什么车没有轮子?"

项橐不假思索地回答:"土山无石,井水无鱼,空门关不上,风车没有轮。"

孔子大吃一惊,心想这孩子真是聪明,于是接着问:"什么牛没有牛犊?什么马没有马驹?什么刀没有环?什么火没有烟?"

这些问题还是难不倒项橐,他回答:"泥牛没有牛犊,木马没有马驹,砍柴刀没有环,萤火虫的火光没有烟。"

孔子默默赞许,继续问道:"什么男人不娶妻?什么女子没有丈夫?什么时候太阳短?什么时候太阳长?"

项橐想了一下说:"神仙不娶妻,仙姑没有丈夫,冬天太阳照得短,夏天太阳照得长。"

孔子一听,这么多问题都知道,这孩子也太了不起了。项橐并不知道自己面对的是人们所尊敬的孔子,就反问了几个问题,结果孔子一个也答不上来。孔子连叹道:"后生可畏也。"

他还想再试试项橐的才能,便说:"我车里有双陆棋,咱俩下一盘如何?"这棋在那时候是一种常被用于赌博的游戏,输赢通常要以金钱来兑现。

项橐说:"我从不赌博。天子如果好赌,天下就会风雨飘摇;诸侯如果好赌，就会耽误国事；官员如果好赌，必定会耽误公事；农夫如果好赌，会误农时；学生如果好赌，会忘记读书；小儿如果好赌，会被打板子……赌博这种百害而无一利的事，干吗要去做呢？"

孔子听了这些话，连连点头，随后以拜师的礼节向项橐行了大礼。

这个七岁的孩子从此名声远扬。而孔子谦虚好学，不以向孩童拜师为耻，也受到了天下人的称赞。

四、范蠡三聚三散

春秋末期楚国人范蠡,他不满楚王的昏庸投奔越国,辅佐越王勾践,灭掉吴国。此后,范蠡功成身退,化名"陶朱公"经商,终成巨富。

春秋时,范蠡尽心辅佐越王勾践,帮助越国走向兴盛,被越王封为上将军。但是他没有居功自傲,而是辞去官职,把财产分给众人,然后举家离开越国,到齐国定居了。

到了齐国后,范蠡更名换姓,过起了普通人的生活。他和家人一起耕田置业,吃苦耐劳,没过几年,就又积攒了很多财产。齐国人都很仰慕范蠡,国君也知道了他的才能,便来请他做官辅佐自己。范蠡觉得自己还是做个平民好,不愿要这么大的名声和地位,怕担不起这个福分,便推掉了官职,散尽家财,又一次离开了。

这一次,他们一家迁到了宋国的陶丘这个地方。范蠡看到此地是贸易的要道,觉得这个地方便于经商,便停留下来,自称陶朱公,开始经商做买卖。他为人诚恳,做生意也很会把握时机,于是没几年,就又积累下巨额的财富,成为富甲一方的大商人。

但是天有不测风云,范蠡的二儿子因为打架失手闹出了人命,

陶朱致富图

年代：清代

产地：桃花坞

　　陶朱公，即越之著名宰相范蠡。据传，越复兴后，范蠡做了商人，由于善于经营，拥有巨额财富。画面题诗："门前数顷设粮田，后有雨池花果园。库有金银仓有粟，陆乘轿马水乘船。娇妻美妾房房满，贵子兰孙个个贤。官不差来民不扰，寿登彭祖一千年。"

被关在楚国的监狱里。范蠡说,杀人偿命,本该如此,但我不希望儿子死在大庭广众之下。便想托人想办法探监。

范蠡有三个儿子,他让三儿子带上一车黄金去楚国。可是,大儿子知道后不愿意了,跑去跟范蠡说:"二弟有罪,父亲竟然不派我这个做哥哥的去救,以后我还有什么脸面活着?"

看大儿子以死相逼,范蠡只好让他去,但嘱咐他说:"你到楚国后一定要将我的信和这一车黄金都交给庄生,听他的,别跟他争。"

庄生是范蠡的朋友,他看到范蠡的信后,对范蠡的大儿子说:"黄金先放在这里,你快离开楚国,在你弟弟出狱之前,你别和其他人接触。"

大儿子没有听庄生的话,他偷偷留了下来,并且自作聪明地把一些私自带的钱给了许多楚国官员,让他们帮忙救自己的二弟。而庄生并不知道他这边的所作所为。

过了几天,庄生去觐见楚王,他对楚王说:"臣夜观天象,发现星象预示将有灾祸,希望楚王您广施仁德,拯救百姓。"

楚王听从庄生的建议,决定大赦囚徒。而范蠡的二儿子可能就在被赦免的名单之内。

这个消息被一个楚国官员知道了,这官员收过范蠡大儿子的钱,便急忙把这个消息告诉了他,想要邀功。

大儿子很高兴,心想我花了不多点钱,就能把这件事办成了,父亲竟然要给庄生整整一车的黄金,这太浪费了。于是他便又去拜见庄生,并直言不讳地说了自己的想法。

文财神范蠡

年代：民国　产地：新绛

庄生说:"你家的金子我一直给你留着,全拿回去吧,我并没有想要这些钱。"大儿子也一点儿不客气,便全部拿了回来。

庄生是个廉洁的仁义之士,他原本的确没想要范蠡家的钱,只是想帮范蠡一个忙,待事成之后便把钱归还。但是范蠡大儿子跑来要钱的这个行为,让他倍感羞辱。另外,范蠡大儿子还说自己上上下下打点了很多楚国官员,这简直是明目张胆地大肆行贿了,这更是庄生不能容忍的。

庄生当天再次拜见楚王,将范蠡大儿子行贿楚国官吏的事全部上报了。楚王大怒,当即下令处决了范蠡的二儿子,并严惩贪污的官员。

消息传回陶丘,范蠡的家人都很悲伤。只有范蠡苦笑着说:"我早预料会是如此。老大不是不爱他的弟弟,而是太看重钱财了。他从小见过我受的苦,不忍舍财,所以遇事吝啬。而老三从小就过得富裕,他不会吝财。老二有罪当杀,没什么可说的。"

财神
年代：清末
产地：绛州

五、鲁班造锯

传说鲁班发明了作战攻城的云梯以及锯、刨、钻等工具，民间还有鲁班首创风筝的说法。传说鲁班为石、木、土、绳匠的祖师。阴历六月十三日是鲁班先师诞辰日，民间匠人多齐聚鲁班庙，祭祀鲁班。

传说锯子是鲁班发明的。

故事发生在两千多年前的春秋时期。鲁国的国君想要大修宫殿，便请鲁国最好的工匠鲁班和他的徒弟们一起去做这件事。宫殿设计得雄伟壮观，但要把它建造出来，需要提前准备很多巨大的木材。并且，砍伐木头后不能直接用，还要经过一年四季的热胀冷缩，来降低木材胀缩的性能，这样造出的宫殿才能更结实。但是国君已经迫不及待地想住新宫殿了，所以，鲁班和徒弟们时间非常紧迫。

鲁班和徒弟们带着工人，每天背着斧头上山砍伐木头。可是，又高又粗的大树，一斧接一斧地砍，要砍到什么时候呢？就算大家拼命地砍，把人都累瘫了也完不成任务。

鲁班急得寝食难安。有一天，鲁班又到一座大山上去砍大树。清晨的林子里，雾气未散，路有些湿滑，他走得着急，在一个小坡

先师鲁班

年代：清代

产地：杨柳青

　　鲁班，姓公输，名班，也称公输子。他是春秋时代的鲁国人，家中累代为工。因其技艺精湛，远超流俗，鲁定公赐以国名，而称之为"鲁班"，后世又尊为"巧圣先师"，砖匠、瓦匠、木匠、石匠、油漆匠都把鲁班供为祖师爷。

上，不知被什么东西绊了一下，脚下一滑摔倒了，情急之中他伸手去抓坡上的一把茅草，想借劲儿稳住脚，不料手心突然传来剧痛，他松开手一看，手上渗出殷红的血滴。

什么草这么厉害？鲁班有些好奇。他揪下那把茅草，细细看，发现小草叶子周边有着许多锋利的小齿。他轻轻去扯那丛茅草，手上又出现了划痕。

这时，鲁班看见草丛中有几只大蚂蚱，它们的嘴一张一合，草叶瞬间就被吞吃得干干净净。他捉住一只蚂蚱，仔细观察，原来蚂蚱的嘴上长着密密麻麻的小锯齿，大腿上也有密密麻麻的锯齿。难怪蚂蚱吃起叶子来这么快，它可以用锯齿多的腿稳稳地落在叶子上，再用锯齿状的嘴咔咔一通大嚼。

鲁班回家后用毛竹做了一条竹片，边缘刻上茅草叶和蚂蚱嘴上那样的锯齿，用它去锯东西，果然又快又好。不过，竹片的硬度不够，是锯不了大木头的，鲁班想起了用金属，他便打造了一把带锯齿的金属长条，用它去锯树，真是快极了！一根圆木很快就能被锯成整整齐齐的两截。

鲁班给这种新发明的工具起了个名字，叫作"锯"。后来，他又给锯安上了一个可以更换锯条的固定外框，用起来更方便了，木材准备的速度很快，宏伟的宫殿也如期完工了。

注：鲁班是两千多年前的人物，考古发现的石锯距今已经上万年，锯子的发明人应该早于鲁班那个时代。而历代工匠们

尊鲁班为祖师爷,把他视为锯子的"发明人",已经成为民间传统文化的珍贵记忆。

六、桃园三结义

《桃园三结义》是明代长篇小说《三国演义》中的经典故事。关羽、张飞二人比武，不相上下，刘备从中说和。三人志趣相投，在桃园结拜。

涿州城里有一条大街叫忠义庙街。相传，当年张飞就在这条街上卖肉。他把肉系在门前一口井里，用千斤石板盖上，井旁竖起一块牌子，上面写着"谁能举起石，割肉白吃"。

有一天，关羽赶着小毛驴走到张飞肉铺门口，见了那牌子上写的字，心想："好大的口气呀！"他上前用手轻轻地一掀，没费吹灰之力就掀起了千斤石，从井里拎出半爿猪肉，搭在小毛驴背上，一声没吭就"嘚儿驾"赶着小毛驴赶集去了。等张飞回来，他老婆一五一十地对他说了一遍，他一听就火了，立刻追到集上要找人家算账。

张飞是个粗中有细的人。他想自己有言在先，牌子上写得明白，现在去和人家争持占不住理；又一想，这次要是不声不响，以后他总来白吃肉那还得了啊！于是他想出了一个办法来报复。他来到关羽的粮食摊前问：

武财神

年代：清代

产地：高密

　　关羽，三国时蜀汉大将，以忠义勇武著称于世，历来被奉为神明。关羽作为"行业神"，据说与他的老家有关。明清时，山西人渐喜经商，往来商贾便把"讲义重诺"的老乡关羽奉为保护神，后随商品经济的发展，此风遂繁衍天下，民间称为"武财神"。"武财神"农村一般不家祀，而在商号常年供奉，相传农历六月二十日为关帝生日，在这一天，商埠民众隆重举办纪念活动，至今港台、海外华人犹然。

"你这绿豆干不干？"

关羽说："干！干得很！"

"我用手捻捻行吗？"

"行！"

于是张飞抓起一把绿豆，用大拇指一捻，绿豆成面了。他又抓起一把，一捻，绿豆又成面了。他捻了一把又一把，没过多久，把关羽的半口袋绿豆给捻碎了一大半。关羽认得他是张飞，知道他是不服气故意来找碴儿，就说："老乡！你要买绿豆，买回去再捻成面儿好不好？现在你都给我捻成面，我还怎么卖！"

"你不是让捻吗？"

"谁让你都给捻了？"

两人说崩了，立马挽起袖子，拳打脚踢扭在了一起。人们纷纷上前拉架，可谁也拉不开。就在这时候，恰巧刘备赶集卖草鞋走到这里，他见两条大汉大打出手，就想上去劝解。别人见他弱不禁风的样儿，劝他不要去。刘备不听，上前两手一扒拉，就把他俩给分开了。一手撑住一个，关羽、张飞两人干跺脚，谁也打不着谁。这就是人们常说的"一龙分二虎"。

张飞和关羽经过这番厮打，互相都佩服对方的力气；又经过刘备从中调停，两人竟成了好朋友，三人聊得投机，于是在桃园拜盟结义。拜盟结义完了，接下来就是排行次了。一般的拜盟兄弟都是按年龄排行次，可是张飞年龄最小却不同意。他说："咱们排行理应比力气，谁力气大谁是大哥。"关羽说："刘备一下子就把咱俩分

宴桃园豪杰三结义（戏出年画）
年代：不详
产地：台湾

夜读春秋
年代：清代
产地：临汾

开了,数他力气大,他应该是大哥;咱俩不相上下,谁做老二老三都行,还比什么?"

张飞不吭声。刘备说:"这样不行,斗智吧!"张飞连声说:"好,好!"

刘备说:"咱们比比看谁能把鸡毛扔到房顶上去,谁扔上去了谁就是大哥,好不好?"

三人都同意。张飞性急,抓来一只鸡,拔下根鸡毛就使劲往房上扔,连扔几次都没扔上去。随后关羽也拔了根鸡毛使劲地往上扔,也没扔上去。轮到刘备了,他不紧不慢地拎起那只鸡,轻轻一抡,就把整只鸡扔到房顶上去了。

张飞说:"要扔鸡毛,你扔鸡不算!"

刘备说:"我总归是把鸡毛扔上去了!"张飞哼了哼,无言以对,只好认输。

刘备当了大哥,那么谁是老二谁是老三呢?刘备说:"张飞扔得最早,扔的次数最多,可是都没成功,按道理应该排老三,关羽排老二。"

张飞无话可说,哈哈笑着说:"我认输,认输。"

于是,三人排好了顺序,按照习俗在桃园结拜成生死相交的兄弟。

七、木兰从军

故事来自北朝的一首民歌《木兰诗》。北朝时期,边关告急,朝廷贴出军书,征召木兰的父亲去从军,木兰因为父亲年迈,便置办了戎装和鞍马,替父从军。木兰多年征战成为将军,谢绝可汗赏赐,回到故乡恢复女装,成为传奇。

中国古代南北朝时,北方有个武艺高超的姑娘花木兰,她年轻漂亮,射得一手好箭。

一天,她正在放牧,忽见几个少年骑马扬鞭,弯弓搭箭,要去打猎。她一时兴起,便和他们比赛,结果她打的猎物最多。回到家里,母亲责备她不该四处游荡,忘了放牧;父亲责骂她不守闺训,但见她打了不少飞禽走兽,心中暗暗觉得惊奇。

木兰正要辩解,说自己射箭能百步穿杨,百发百中,这时乡里的里长走进院来。木兰抽箭搭弦,冷不防嗖的一声,把里长头上的帽子射了下来。里长大吃一惊,木兰的父亲连忙赔罪道歉,并罚木兰在家里织布三天,不许走出房门。

原来里长是来送文书的。说是邻国入侵,大汗要和敌军开战了,

木兰从军

年代：清代

产地：杨家埠

　　北朝时，突厥入侵，贺廷玉奉旨征兵。陕西花弧年老多病无法应征，其女木兰女扮男装，代父从军，屡立奇功。征战十二年凯旋，不受封爵，坚请还乡。元帅贺廷玉奉旨前往花家封赠，木兰女装相见，真相大白。传统戏曲中有《花木兰从军》剧目。年画上部绘山水景物，下部分别绘出木兰从军箭射金钱及红叶关力战番将情节。

急需将士，每家每户都必须出一名男丁入伍。

晚上，木兰的父亲和老伴儿商量：自己年老多病，家里小儿才几岁，这可如何是好？实在不行，只能自己去从军了。夫妻二人愁得直叹气，隔墙的木兰听见了，也停下织机叹息不已。

木兰一夜未合眼，终于想出了一个好主意。第二天一大早她偷偷溜出家门，上街买了一匹枣红马，又配上马鞍、马鞭和笼头，还去裁缝店赶做了一件战袍。然后，木兰剪去了长发，戴上头巾，穿上战袍，跨上枣红马，一下子变成了个"棒小伙"。

一切打扮妥当，木兰骑着马一阵风似的赶回家，父母几乎认不出她了。她道明真相，父母见木兰心意已决，再说也没有更好的办法，只得让她女扮男装替父从军，一家人洒泪而别。

木兰告别家乡，随大军奔赴边疆。走啊走，大军来到黄河旁。夜里，值勤的木兰听不到爹娘呼唤她回家的声音，只听见黄河的流水哗啦啦地响。

走啊走，大军停在黑山下。这里已靠近敌人的阵地，备战的木兰没有时间想念家里的亲人，耳中只听见敌人的战马咴咴鸣叫。

多少次军情紧急，多少次关山飞渡，天寒地冻的北部边疆，月光冷冷地映着将士铠甲的青辉，连打更的锣声也透着十二分的寒气。

聪明机智、英勇善战的木兰身经百战，九死一生，一次次立功，又一次次晋升，最后做了左路大将军。

十年过去了，战争终于结束了。大军凯旋，皇上亲自召见木兰，赏给她许多金银财宝，又要封她做高官。

花木兰从军
年代：清末　产地：杨柳青

　　木兰替父从军，为的是百姓和国家。她不要金银财宝，也不愿做什么大官，她只要了一头能走远路的骆驼，骑着它回乡服侍双亲。

　　分别十年，父母已经白发苍苍。他们听到女儿归来的喜讯，相互搀扶，来到路口迎接。小弟弟也已长大成人，正在家里磨刀霍霍，准备杀猪宰羊，犒劳荣归故里的姐姐。

　　木兰终于回来了，骑着骆驼，身边还有几个伴她回家的战友。木兰让爹娘在屋里招待同归的伙伴，自己跑到房里，脱下战袍，换上以前的青布衣衫，梳理好一头乌发，又对着镜子贴上美丽的面饰，这才走了出来。

　　木兰的伙伴们一见大惊失色：啊，共同战斗了这么多年，想不到木兰原来是一个漂亮的姑娘！

木兰从军图
年代：清中期
产地：桃花坞

八、武将当门神

秦琼和尉迟恭是唐朝的开国元勋,是民间流传最广、影响最大的门神。样式也最多:有坐式,有立式,有披袍,有披甲,有行走,有骑马,有舞鞭锏,有执金瓜。在门神的两旁,有时还贴一副对联:昔为唐朝将,今作镇宅神。秦琼,字叔宝;尉迟恭,字敬德。两人的武功谁更高呢?据说秦琼抓住过尉迟恭。谁的地位高呢? 看二人在凌烟阁的排位,尉迟恭排在秦琼之前。

传说唐朝贞观年间的一个夏天,长安城来了个算命先生,据说很灵,生意很兴隆。

有一天,一个书生打扮的人来算命,问他:"都说你算卦很灵,那你给我算算,几天后会下雨?"

算命的看了看他,说:"三天。"

那书生又说:"是和风细雨还是狂风暴雨?"

算命的说:"和风细雨下秦川,狂风暴雨打林山。"

书生笑了起来,问他:"如果你算不准怎么办?"

算命的说:"算不准,我把头割下来给你提去。"

过了三天，长安果然下了一场雨，但平原和山地上雨的大小刚好和算命先生说的反了。

等雨停了，算命的又出来摆摊子，那个书生出现了，说："我提你的头来了。"

算命的叹了口气，说："你为了和我赌气，偷改了玉帝的雨旨，偏偏反着下，现在玉帝大怒，叫当朝大臣魏徵杀你，你小心自己的头被人提去吧。"

书生大惊，问道："你知道我是谁？"

算命的说："你是泾河龙王！"

书生吓得急忙跪下，求算命先生救他一命。

算命的无奈地说："你平日傲慢骄横惯了，难免有今日一灾。这样吧，你看看谁能说动魏徵，你就寻谁去。"

书生若有所悟，道谢之后转身走了。

当天晚上，唐王李世民做了一个梦，梦见一条老龙跟他说："我是泾河里的龙王，犯了罪，玉帝叫魏徵杀我，求你向魏徵说说情，放过我吧。"

唐王在梦中问："什么时候杀你呢？"

老龙说："明日午时整。"

唐王说："没问题，你回去吧。"

第二天上午，李世民叫魏徵来陪自己下棋，一直下了好长时间。到了午时，魏徵瞌睡得不得了，一头栽倒，竟睡着了。唐王暗想：我不叫醒他，他一觉醒来，午时已过，就杀不成老龙了。唐王看魏

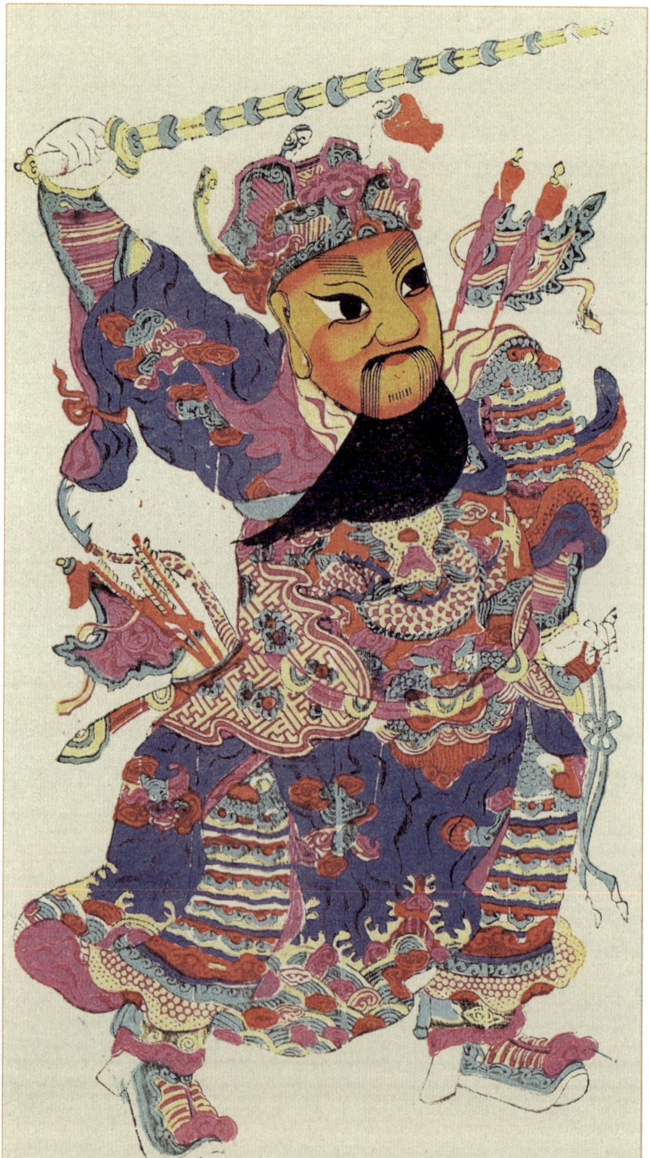

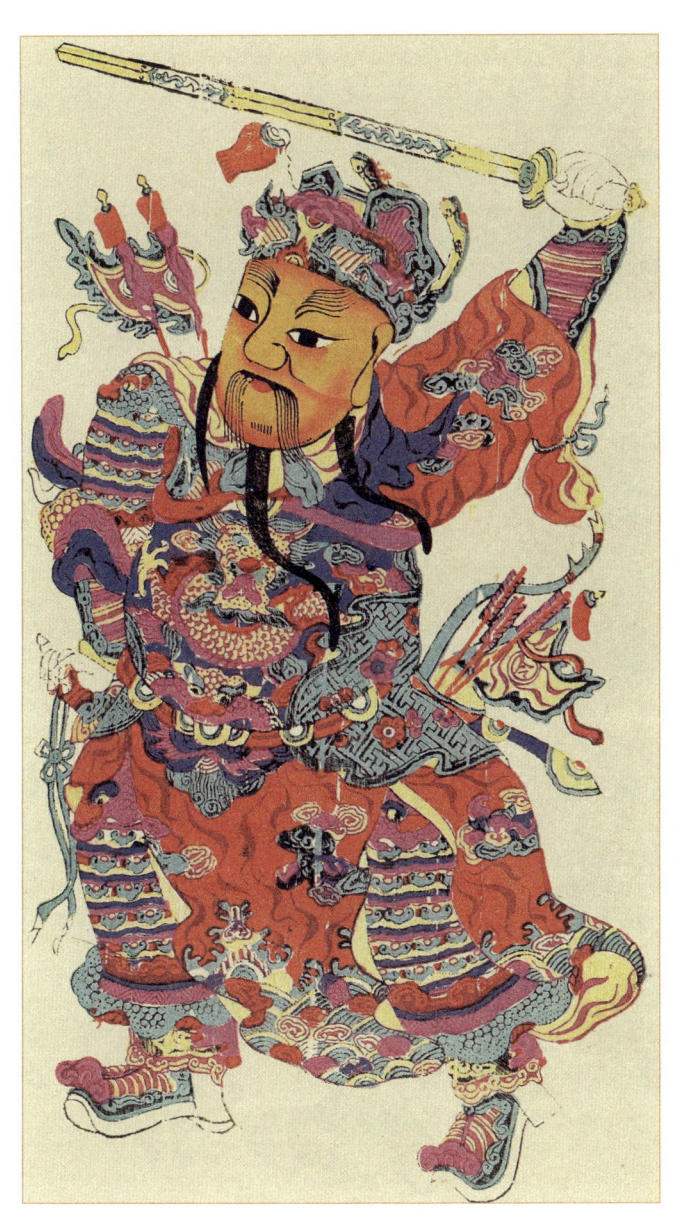

尉迟恭秦琼
年代：清末
产地：桃花坞

唐代开始，皇帝将民间驱鬼的钟馗画像作为新年礼物赐给大臣，用于门上悬挂驱鬼。吴道子创作的"钟馗样"成为五代众多画家年终竞相模仿的对象，成为岁末悬挂的民俗艺术。宋元以后，出现唐代将军秦琼、尉迟恭显灵于唐太宗梦中的传说。他们在皇宫大门为皇上站岗镇祟的神迹，使之成为门神的主力。

44

狻猊门神
年代：清末
产地：杨柳青

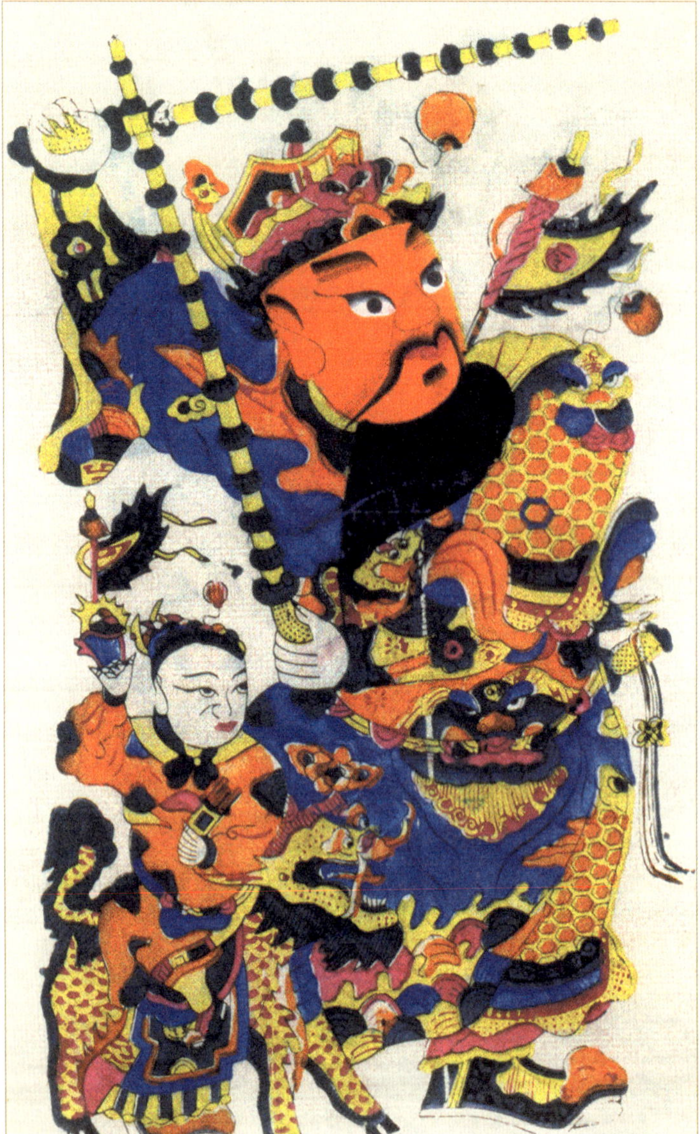

秦琼尉迟恭
年代：清代
产地：滩头

徵睡得很香，就默默等着。不一会儿，魏徵大汗淋漓，在睡梦中大喊一声："杀！"刚喊完，魏徵就醒了。

唐王问："你梦中杀谁呢？"

魏徵说："玉帝叫我杀泾河的老龙！"

唐王问："你杀了吗？"

魏徵说："杀了！"

唐王说："你睡着觉呢，到哪儿杀去？"

魏徵说："大概只是个梦吧，不过我梦到把老龙的头挂在午门高杆上啦。"

唐王心想大事不好，赶紧和魏徵来到午门，一看高杆上，果然挂着一颗血色龙头。

这天晚上，唐王刚一合眼，就梦见老龙了。老龙说："你误了我的命，我要来找你算账！"吓得唐王一下惊醒，坐了起来。过一会儿，一合眼，又是刚才那样，吓得唐王一夜没睡。

到了第二天，来了好几个大臣，唐王把事情给他们说了一遍。大臣们说："我们都坐在这儿，您睡一会儿吧！"唐王一合眼，还是被吓醒，没有办法。

秦琼和尉迟恭两位大将听到唐王有难，带着他们各自的兵器就跑来了，对唐王说："有我二人在此，您还怕老龙？安心睡去。"

见到两位忠心耿耿、武艺高强的武将，唐王心里踏实了，一合眼果然睡着了。这觉睡得真香，一夜无梦。唐王一觉醒来，已是第二天中午，一看秦琼、尉迟恭两位卫士还立在门口呢。唐王感动极了,赶紧下床致谢。此后,每天夜里秦琼和尉迟恭都来站岗,守护唐王睡觉。转眼过了一个多月,唐王想:"一直让二位老臣立在门口,太劳苦了,总不能往后的日子都让他们来站岗吧?"他想了个办法,请了一位高明的画工,把秦琼和尉迟恭的样貌画了下来,贴在门扇上,十分威武,老龙同样也不敢来了。

  从此,两人的像就贴在了宫门上。很快,民间也学会了过年时贴上这两位将军的画像,并把他们二人称作门神,祈求他们保佑家人平安吉祥。这个习俗一直延续到了今天。

九、药王孙思邈

唐代医药学家孙思邈,陕西耀州人,著有医药名书《千金方》。唐太宗赞其"凿开径路,名魁大医。羽翼三圣,调合四时。降龙伏虎,拯衰救危。巍巍堂堂,百代之师"。宋徽宗敕封孙思邈为"妙应真人"。后世尊称其"药王",建"药王庙",农历四月二十八日为孙思邈诞辰,医药从业者开设酬神庙会。

治病行医

相传在唐代贞观初年,唐太宗李世民在一次抵御外寇的作战中,被敌军困在一座山头上。他在山上的水潭饮水,影影绰绰似乎看到杯中有点东西,再看又没有,当时渴极了一饮而尽,可后来总是疑心自己吞下了一条小蛇。等到班师回朝后,他越想越觉得恶心,开始呕吐。

宫中太医用了各种药,均不见效。魏徵只得请来孙思邈。孙思邈见唐太宗面无病容,腹中并无异物,问清病因之后,他苦苦思索,蛇若吞进肚子,症状应更为严重,现在是幻觉致病,只是心病。于是孙思邈给唐太宗开了安神之药,然后拿来唐太宗出征时戴的帽子，让人打来一盆水，再让唐太宗前来观看。唐太宗在盆里看见一条龙纹的倒影，恍然大悟，原来他当时连续征战，体困头晕，把自己头上戴的龙纹玉饰映在水中的倒影看成一条小蛇了。唐王的疑惑终于消除，病也就好了。

后来，唐太宗的长孙皇后怀孕已十多个月还生不出来，重病在床，太医们怎么治也不行。太宗每日坐卧不宁。

大臣们又请孙思邈入宫看病。皇后是万金之躯，太医不能直接号脉。孙思邈叫来皇后身边的宫女细问病情，去太医院看了全部的病历处方，然后坐在皇后的幔帐外面，叫宫女把线的一端系在皇后右手腕上，另一端从幔帐中拉出来搭在自己手上，这叫"引线诊脉"。

孙思邈靠一根细线的传动，就诊断出皇后的脉象，然后给皇后开出药方，使皇后顺利产下了皇子。

孙思邈还留下了许多医龙救虎的神奇传说。相传在一个雷雨交加的深夜，一个白衣秀士进来看病。

孙思邈切脉之后说："你不是凡人吧？"白衣秀士说："何以见得？"孙思邈说："你来时有电闪雷鸣，坐下来就没了。你的衣服在暴雨中丝毫不湿，脉象也不像凡人。如我猜得不错，你是一条白龙吧？"

白衣秀士连连点头，说："数日之前，我因一时饿得急了，吞咽狼狈，不知嗓子下面堵了什么东西，连日来只能喝些稀汤。求先生医治。"

孙思邈听后，让童子提来一桶汤药，叫他一口喝下。

白衣秀士一口气灌了下去，肚中一阵翻腾，喉头发痒，低下头来，"哇"的一声，大吐不止，竟然吐出一条长蛇来。他由衷地赞

药王卷

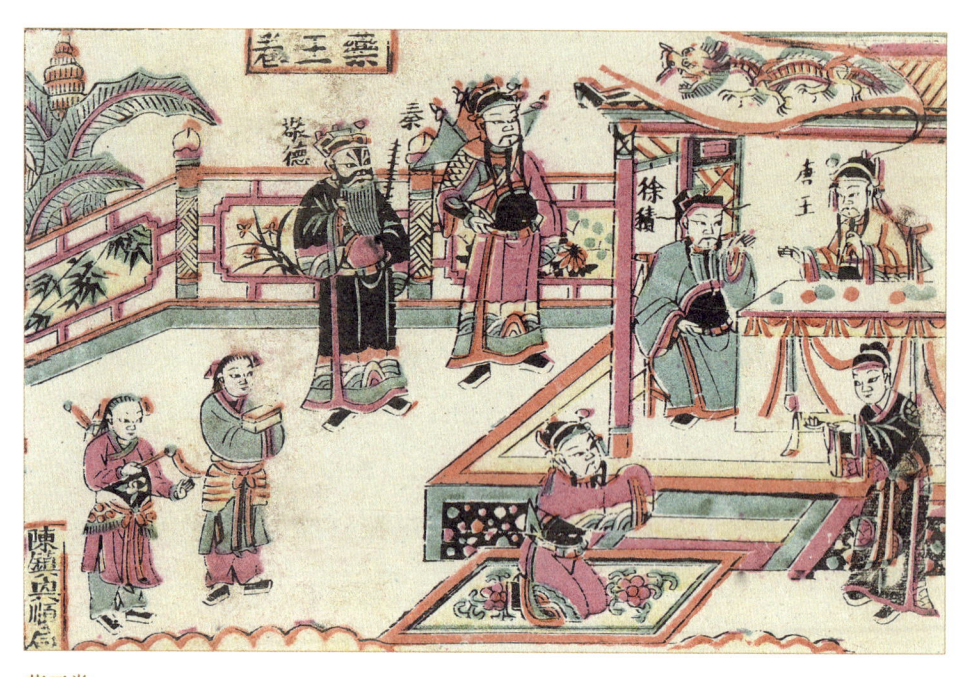

年代：清代

产地：凤翔

　　孙思邈医好娘娘疾病，不愿做官，被唐王封为药王，并赐交天翅、赭黄袍。尉迟恭不服，赶至灞桥。孙将冠冕遮住、蟒袍翻穿，敬德不识。孙思邈唤其至，敬德托故看病，孙赐其十八味药物，保唐东征。二人于河湾击掌，孙思邈成仙后遣敬德魂站班。画面为孙思邈受唐王封赏的情景。该剧为秦腔剧目之一。故事见《酉阳杂俎》。

道:"真人灵丹妙药,确是手到病除!"孙思邈"哈哈"一乐说:"什么灵丹妙药,只不过一桶醋拌蒜泥而已,酸辣交加,那蛇自然待不住了。"他顿一顿,接着说:"你病根虽除,元气未复,我再为你扎上一针,即可康复。"白龙听了连声称好。

针灸之后,白衣秀士恢复了元气,再三道谢,一道闪电后,消失在茫茫天际。

虎守杏林

相传,药王孙思邈晚年从五台山去泰山时,路过一座寺庙,发现丛林茂密,鸟语花香,民风淳朴,便住下行医著书。他治好病人不收钱,只希望患者病好后在寺旁植杏树三株。长此以往,杏林很快超过百亩了。

某一天黄昏,孙思邈外出看完病,独自返回寺院,途中看见一只老虎缓缓向自己走过来,他吓得不敢动弹。那猛虎似乎明白了什么,停在三尺远的地方趴倒在地。

药王很奇怪,莫非这猛虎也要找自己治病? 便问:"你是不是有什么病要治?"那虎听后,仿佛是听懂了他的话,将头在地上连叩了三下。

孙思邈说:"我生平有三不治,恶棍不治,妖邪不治,害人者不治。你是凶兽,我给你治了病,你再去害人吃人怎么办? 休想!"孙思邈说完便向前走去,猛虎紧随其后,还用嘴轻咬他的衣角,"呜呜"叫着,眼里还流出泪水。

孙思邈不忍心，停下来端详老虎，只见老虎大张着嘴，口角流着鲜血，神情悲伤痛苦，原来是被一根骨头卡住咽喉了。

孙思邈对老虎说："要我医治你也可以，你要先保证，自己以后不再害人了。"老虎又将头点了三下。

孙思邈让老虎张开口，想伸手取出骨头，又担心老虎一疼把嘴闭上，那会咬断自己的手。左看右想，他想到了扁担上的铁钩，便把铁钩摘下来握在手上，小心翼翼地把骨头钩出来，那一瞬间老虎疼得一合嘴，牙齿刚好磕在铁钩上，没有伤到孙思邈。

骨头取出来了，孙思邈又给老虎抹了点药，老虎就不疼了。医好后，老虎久久不愿离去，反而俯下前身，温柔地看着他。孙思邈顿时明白了，老虎这是要报恩啊，想给他当坐骑。

孙思邈不愿骑着老虎招摇过市，让老虎赶紧离开，但这只老虎也真重恩情，每天跟着保护他。孙思邈进山采药，老虎就帮他背着药篓、衔着药锄，出诊时为他衔药箱，成了孙思邈的忠实助手。

这样又有了麻烦，这猛虎每天跟着孙思邈，大家害怕猛虎，都不敢靠近求医了。于是孙思邈对老虎说："你这虎现在虽不吃人了，但之前的恶名太大，让人们都很害怕。"然后拍拍猛虎的脑袋说，"你每次把我送进村，就不要跟着我了，等给病人煎完药，我让他们将药渣倒在路口，你就在那儿等我吧！"

后来民间就有了这个习俗，给病人熬完药后都将煎过的药渣倒在路口，起源就是为了方便神虎寻找药王的。

过去有些老百姓忌讳医生上门，于是医生到了病人家门口，一

药王

年代：清代　产地：新绛

般也不直接进去，而是由病人家属出来领进门。孙思邈觉得这样太费时间，请铜匠按照铁环的样子，做了一个中空的铜环，内置两枚铁丸，取名叫虎撑，套在大拇指上，一摇，丁零零地响，病家就知道有医生来了，赶紧出门迎进家中。虎撑成了后世游方医生手中摇动千年的摇铃。

药王孙思邈在杏林寺去世后，当地百姓非常悲痛。那只老虎绕寺哀啸三天而去。消息传至宫中，唐高宗对药王仙逝表示惋惜，同时对老虎守护杏林的忠心大加赞许，御题"虎守杏"牌匾，赠予寺内。该寺从此更名为"杏林寺"。

十、五子登科

《三字经》记载:"窦燕山,有义方。教五子,名俱扬。"五个儿子都中了科举,父亲窦燕山便成为教子有方的典范。

传说在五代后周时期,燕山府有一个人叫窦禹钧,因为家在燕山一带,后人称他为窦燕山。

窦燕山三十岁时,已经结婚多年,却没有孩子。窦燕山家境不错,但是个人的品行并不出众,在家乡一带口碑也不太好。一天晚上,他做了一个梦,梦见已故的祖父和父亲在梦中训斥他,说他心术不正,恶名已录在天庭,这一生不仅没有孩子,而且自己寿命也短。如果从现在起一心向善,救人济世,也许可以改变命运。

窦燕山从梦中醒来,吓出一身冷汗,从此立志向善。

有一次,窦家一个仆人盗用了家中钱财,担心受罚,就写了一张卖女儿还债的纸条,系在十二三岁的女儿的胳膊上,而自己逃走了。

窦燕山看着小女孩胳膊上的纸条,心疼这个孩子,便把纸条烧掉,收养了她。几年后,等女孩成年了,窦燕山精心为她选了一位

五子登科

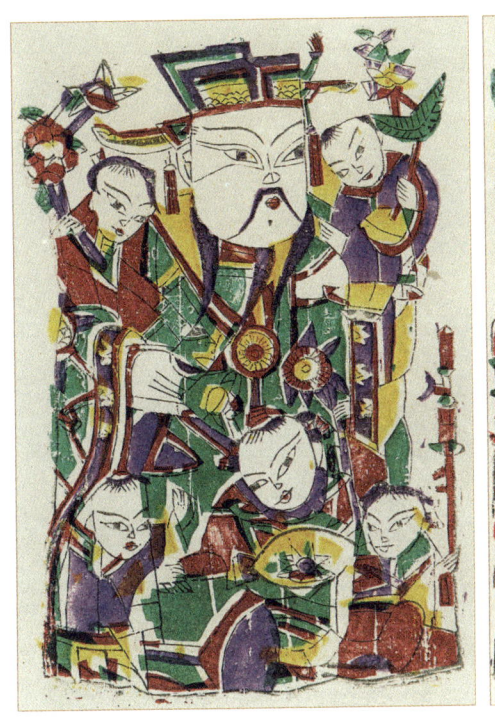

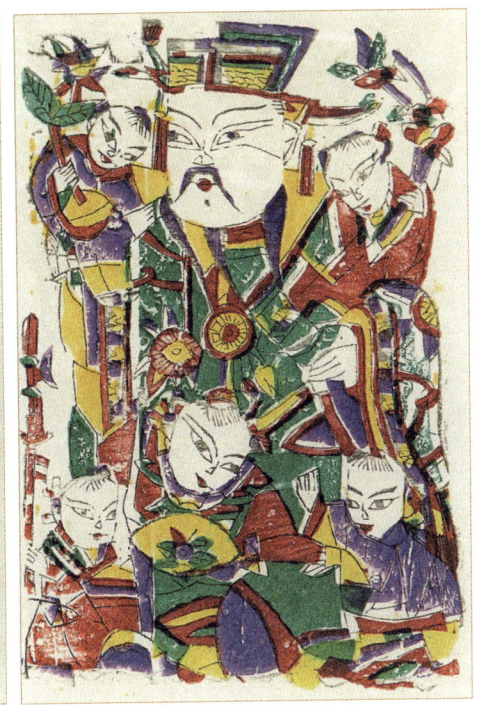

年代：不详

产地：东昌府

"窦燕山，有义方，教五子，名俱扬"。史载宋代窦禹钧教子有方，其五个儿子相继及第，故称"五子登科"。画中头戴展脚幞头、身着绿袍者即为窦禹钧，五子簇拥周围，有持戟者，寓意"平升三级"，有擎桂花者，寓意"蟾宫折桂"。此为房门画，两张一套，左右对称，贴于堂屋门，借此祈求子孙能够考取功名、光宗耀祖。

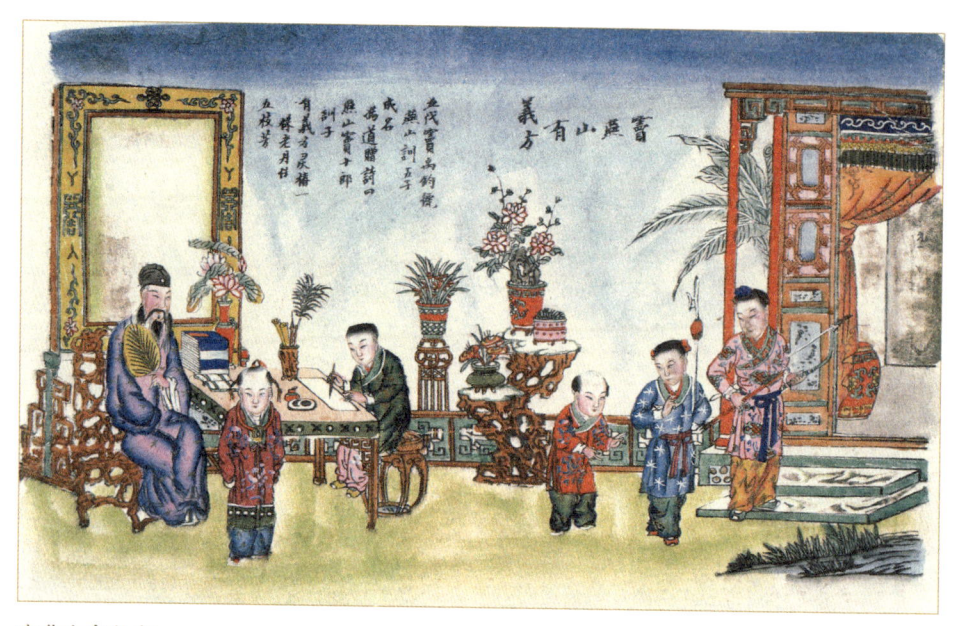

窦燕山有义方
年代：不详　产地：杨柳青

贤德的丈夫，还给她备了很多嫁妆。

这件事传了出去，那个在外面逃跑的仆人听说后，便回到窦燕山家里，哭着求窦燕山原谅自己的过错。窦燕山并没有责罚他，只是劝他重新做人。仆人全家感恩不尽，便把窦燕山的画像挂在自家堂前，早晚供养。

有一年的正月十五晚上，窦燕山到延庆寺佛前进香，忽然在后殿的台阶旁边捡到一个钱袋，里面装了一百两白银、十两黄金。这可是很大一笔钱呢！窦燕山在寺院等了半天，看到一个人痛哭流

窦氏五桂图
年代：清代　产地：杨柳青

涕地进来寻找。窦燕山上前去问，那人说他的父亲被坏人诬陷，要被发配边疆充军，为了救父亲，全家人好不容易借来的钱，竟被自己搞丢了。没有钱，这辈子恐怕再也见不到父亲了，那人说完就号啕大哭起来。

窦燕山问他丢了多少钱，用什么样的钱袋装着，一一验证后，确定了那人便是失主。于是窦燕山不仅把钱袋还给他，还送给他一些吃的，让他好快些恢复体力以便第二天赶路。

就这样，在接下来的几年里，窦燕山做了很多义事，他帮助周围人婚丧嫁娶，资助了很多孤苦无依、贫病交加的穷人，还在家乡建了四十间学堂，请了很多德才兼备的老师，让贫困乡民家的孩子免费上学。几年过去了，窦燕山的钱大都用来做好事了，自己的生活却一直十分节俭。

一天晚上，窦燕山又梦见已故的祖父和父亲，他们对他说，好孩子，你多年行善，上天给你延寿三十六年，赐你五个贵子，都能光宗耀祖。

此后，窦燕山更加努力积德行善，后来他们夫妻俩果然生了五个儿子。他家教严格，注重品德和才能的培养，五个儿子长大后都荣登进士，成为国家栋梁。

据传，窦燕山一生没有病痛，活到了八十二岁，这在当时算是高寿了。

十一、包公审石头

包公姓包名拯,是中国历史上铁面无私的清官,宋仁宗时任开封府尹。民间传说宋帝夜梦断梁,幸好有一个黑脸大汉托起相救,为报答救驾之恩,宋帝命人四方寻找,找到后下旨请他上任为官。

有一天,包公带差役出去办事,正在大街上走着,忽然看见路边有一个孩子在哭。那孩子两手捂着脸,哭得可伤心了,旁边放着一个空篮子。

包公看见孩子,就上前问:"孩子你怎么了?为什么在这里哭?"

那孩子一看是包大人,便哭着回答说:"我卖油条的钱不见了,呜——呜——"

原来这个孩子是卖油条的,今天早上,他卖油条赚了一百文钱,顺手就放在篮子里了。卖完油条后,孩子在街上看到有变戏法的,一时贪玩,就跑过去看了会儿热闹。结果一不留神,篮子里的钱全不见了。孩子家里很穷,好不容易赚点钱还被自己搞丢了,想到这里,就在路边哭起来。

包公座(坐)镇
年代：清代
产地：佛山

　　包公即北宋时御史中丞包拯，传说他为官清正廉明，主持公道，铁面无私，深受后世的敬仰。劳动人民受到不公平的待遇，总希望有包拯式的人物来帮助自己。于是，把包拯变成了"神"，佛山木版年画《包公座镇》就这样产生了。人们希望通过包公的"神威"来伸张正义。

包公审案

年代：清代　产地：东昌府

包公让孩子先别哭，问道："你丢了多少钱？"

孩子止住哭声，回答说："正好一百文，卖完油条，我一个一个数过。"

包公又问："你刚才在哪里看热闹了？"

孩子指着一块大石头说："就在这里，那个变戏法的刚才就是在这块石头前表演的。"

包公听了孩子的话，皱起眉头想了一想说："我知道了，你在这里丢了钱，这块石头一定看到了。你别急，把周围的人都叫过来，我来当众审问这块石头，问问它是谁偷了你的钱。"

听说包公要审石头，大家觉得新鲜，于是都赶来看热闹了。只

63

公義：

聖上家朝廷
出旨請包公
正熱割大麥
禪仙來助力
一品堂朝坐
宮思見萬之冬

包公上任

年代：清代
产地：杨家埠

包公名拯，北宋庐州合肥人，宋仁宗时任开封府尹，执法公正不阿。民间誉为铁面无私包青天。本图画面表现包拯正在田间割麦时来了钦差，降旨要他上任为官。包公考虑到做官无人种地，这时神仙前来助工。作者把包拯塑造为农民中的一员，反映了群众对他的爱戴敬仰之情。画面上黑脸老包和农民一起挥镰劳动，钦差率衙役带着八抬大轿来迎请，一旁喜神化出许多童子来助工割麦，非常有趣。上端题诗一首："圣上宋朝廷，出旨请包公。正在割大麦，神仙来助工。一品宰相坐，富贵万万冬。"

见差役们把那块石头五花大绑,还在旁边设上案台,包公就威风凛凛地坐在案台边上,还真像是在衙门里审犯人那样了。

包公开始审问:"大石头,你看没看见谁偷了孩子的钱?从实招来,否则板子伺候!"

石头当然不会回答了,一点动静儿也没有。

包公大怒,下令让差役打石头的板子。

这时来看热闹的人越来越多,大家本来都想笑又不敢笑,可当看到差役才打了两下就把板子打断时,再也忍不住了,哄堂大笑。有人说:"石头怎么会说话?"还有人说:"都说包公聪明,原来是个糊涂蛋!"

包公听见了,生气地说:"我审石头,你们怎么说我的坏话?哼,罚你们这些看热闹的每人一个铜钱!"包公叫手下的人找来一个盆,倒上水,让每个看热闹的人都必须往盆里丢一个铜钱。

围观的人没办法,只好排着队一个个往盆子里丢铜钱,扑通,扑通,扑通……有一个人刚把铜钱丢进盆子里,包公就叫手下赶紧抓住他。包公指着这个人说:"你是小偷,就是你偷了小孩卖油条的钱!"

偷钱的人大吃一惊,吓坏了。差役们从他身上一搜查,果然发现了九十九文铜钱,连同他扔到盆里的一文,总共正好一百文,都沾了不少油花,正是卖油条的小孩用沾了油的手一文一文数过的。

原来,包公故意说要审石头,是为了吸引那个小偷过来看热闹。

小偷心虚，一听说断案如神又铁面无私的包大人要审问石头，就挤进人群想看个究竟。小偷身上一般自己没有钱，他只能往盆里投刚偷来的钱，所以丢下铜钱时，水面上立即浮起了一层油，当场就被包公识破了。

那个小偷当众认罪，并把一百文铜钱还给了小孩。包公也把刚才围观人的铜钱都还了回去。大家这才恍然大悟，一个个都打心底里敬佩包公。

十二、岳母刺字

传说,岳飞出生后不足一月,赶上黄河发大水,母亲抱着他坐进一口大水缸,在洪水中漂了好久才幸运地被人救起。后来,岳母含辛茹苦地把儿子养大。

当时,大宋边疆告急,金军的铁骑不断侵扰百姓,长大成人的岳飞想为国尽忠,又想为家尽孝,左右为难。

其实母亲早就看出了儿子的心事。一天晚上,母亲焚香点烛,把岳飞叫到院中问道:"孩子,现在国难当头,你有什么打算?"

岳飞回答:"孩儿有志到前线杀敌,收复河山!"

母亲又问:"那为什么还在家中犹豫,不去从军呢?"

岳飞低下头,沉默了片刻说:"我担心自己一走,母亲无人照料,我放心不下。"

母亲听了岳飞的回答,心中很是感慨。她对儿子说:"好孩子,母亲的心愿,并不是让你待在家里守在我的身边,而是希望你志存高远,实现自己的理想,成就一番功业。"望着岳飞,她坚定地说,"收复河山,精忠报国,这也同样是母亲对你的期望。"

母子二人心中都释然了。母亲先祷告上苍和神灵祖宗保佑岳飞

刺字報國

宋岳飛字鵬舉家貧好學尤好左氏春秋孫吳兵法嘗鎮精忠報國四字於臂靖康和金人南侵飛應募破兀朮朮朱仙鎮心為秦檜所害

廉增戴記

刺字报国
年代：清末
产地：杨柳青

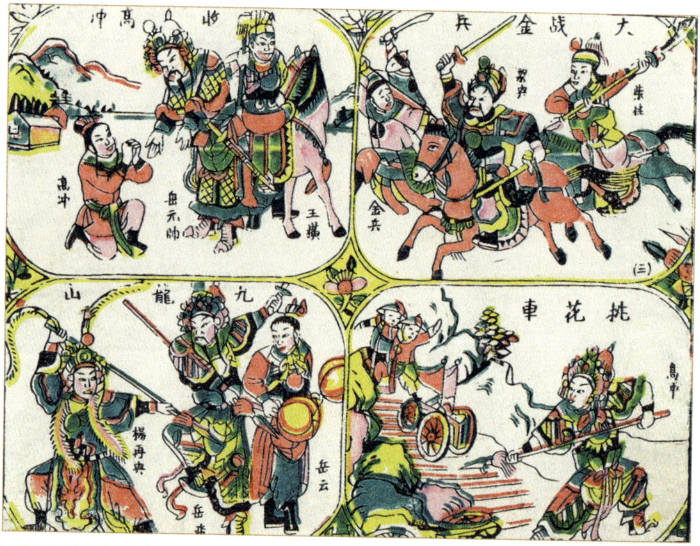
大战金兵
九龍山
挑花車
楊再興
岳云
王横
金兵
岳元帥
(三)

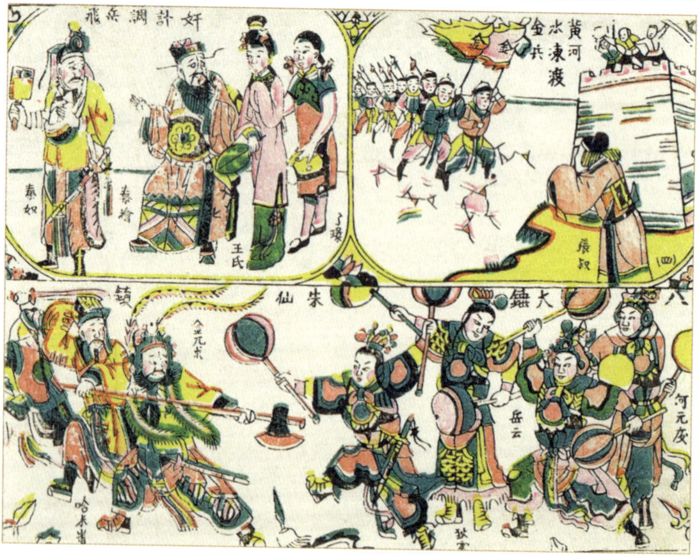
奸計調岳飛
秦檜
王氏
(四)
大鎚朱仙鎮
岳云
金兀术
何元慶

岳飞传（四幅）

年代：清代
产地：武强

故事出自《说岳全传》。宋岳飞文武全才，挂帅抗金保国，被奸臣秦桧害死。孝宗继位，平反冤狱。其子岳雷、岳霆带兵击败金兵。此幅四图，画面众多：（一）水淹汤阴县、岳母借宿、为柴失义、兄弟结拜。（二）赠马许女、收牛皋、避难牛头山、岳母刺字。（三）大战金兵、挑花车、收高冲、九龙山。（四）黄河冰冻渡金兵、奸计调岳飞、八大锤交战朱仙镇。

精忠保国
年代：清代　产地：临汾

　　沙场平安，接着说："儿啊，此去征战，万万不要牵挂家里。母亲送你'精忠报国'四个字，希望你牢牢记住，不赶走敌人誓不还家。"

　　岳飞说："孩儿不敢忘记，请母亲刺字。"

　　母亲让小童拿来毛笔、醋墨、绣花针，岳飞卷起上衣，露出后背。

　　岳母先用毛笔写字，再用绣花针刺破皮肤。儿的痛扯着娘的心，终于刺完了"精忠报国"四个大字，岳飞穿好上衣，悲壮地离开了家门，投奔军营而去。

　　岳飞从军后的十多年里，率领岳家军同金军进行了几百次战斗，打出了岳家军的赫赫威名，成为历代称颂的大英雄。

十三、朱元璋发配城隍

明太祖朱元璋是明朝开国皇帝，年号洪武，人称朱洪武。朱元璋出身贫寒，年幼时与同伴戏耍，自称皇帝，同伴假装成文武群臣，施朝拜之礼。"城隍"，原指城墙与护城河，后来演变为城市的守护神。城隍负责记录和通报人间善恶，负责死者亡灵的审判和移送。

传说明太祖朱元璋从小家里贫困，他淘气贪玩，不好好放牛，经常和几个放牛娃耍棍舞棒。有好几次他放的牛乱跑，吃了别人田里的庄稼，被东家训了好几回。

朱元璋长大了几岁后，该做工了，可周边都没人愿意雇他，他只好天天上山砍柴赚钱谋生。每天回来时，常把柴火放到村头城隍庙的庙台上，坐下来休息一会儿。

城隍庙的偏屋是村里的私塾。朱元璋一边歇息，一边靠在学堂的墙上听先生教书，听学童背诵《百家姓》《三字经》《千字文》。朱元璋越听越入迷，以后每天打完柴都来。

教书的常先生发现了这件事，便问他："你想读书吗？"

朱元璋点点头说："想。"

明太祖游武庙

年代：清末

产地：杨柳青

明太祖朱元璋与刘伯温同游武庙，朱元璋在评点庙内供奉的武将时，流露出对开国功臣的猜忌。升赵云、王伯当，黜韩信、伍子胥。批张良时，又有影射刘伯温之意。刘恐祸将临头，乃辞朝回乡。图中文字为《游武庙》唱词，一幅画中有如此之多的文字，实为罕见。

城隍
年代：民国
产地：佛山

常先生说:"你回家问问大人,他们同意的话,你明天就来上学。不用花钱,笔、墨、纸、砚、书都由我来供你。"

朱元璋一听乐坏了,当晚回家和爹娘说了,他们也很乐意,一家人都非常感谢常先生。就这样,朱元璋进了学堂。

朱元璋很聪明,也很用功,没用多久,功课就超过了别的孩子。

不过他依然很淘气,有一天,他和几个学生玩捉迷藏,藏在城隍老爷神像前的桌案下,同学来捉他时,他起身想跑,却被城隍爷神像的大脚绊了一跤,捉迷藏的人就把他给捉住了。朱元璋心里生气,责怪起城隍像,他仗着自己认字多了,就写了个纸条:"碍手碍脚的城隍,三日后发配洛阳",随后把纸条放在了城隍像前的桌案上。

这天夜里,常先生做了个梦,梦见城隍老爷来求他,拜托他在万岁皇爷前求个情,无论如何别把他贬去洛阳,他不愿意远离家乡。常先生说:"我一个穷教书的如何能见到皇上?"城隍说:"未来的皇上现在是你的学生,你说句话他准听。"常先生明白了,原来自己这些学生中有一个肯定能当皇上!于是便说:"请城隍老爷告诉我这个学生是谁,我好帮你求情啊……"城隍说:"明日你到我的桌案上看看便知,望先生费心,将来定有福报……"城隍爷说完告辞,常先生也醒了。

常先生觉得这个梦很怪,第二天早上来到城隍像前,发现桌案上真有张纸条,常先生看后便把它揣进怀里。

吃过早饭,学生都来了,常先生拿出纸条严肃地问:"这张纸条是谁写的?怎敢如此无礼!"

朱元璋站起身小声地说:"是我,先生我错了……"说完低下了头。

常先生说："你小小年纪居然敢撵城隍爷？我们借人家的地方读书，岂有客撵主的道理？你再写一个纸条把城隍爷请回来吧。"

朱元璋听罢，后悔自己开玩笑出言不逊，便写了一张纸条："城隍老爷莫慌张，不贬洛阳留故乡"，然后恭恭敬敬地把纸条放在了桌案上。

这天晚上，常先生又做了个梦，城隍老爷对他谢了又谢。

常先生知道朱元璋必成大器，从此对他更加关爱。后来，朱元璋起兵反元，果然成就了一番大业，最后当上了皇帝。

常先生有个儿子叫常玉春，从小就喜欢耍枪弄棒，常先生便让儿子投到朱元璋帐下，后来成为朱元璋的第一爱将。

［神仙奇事］

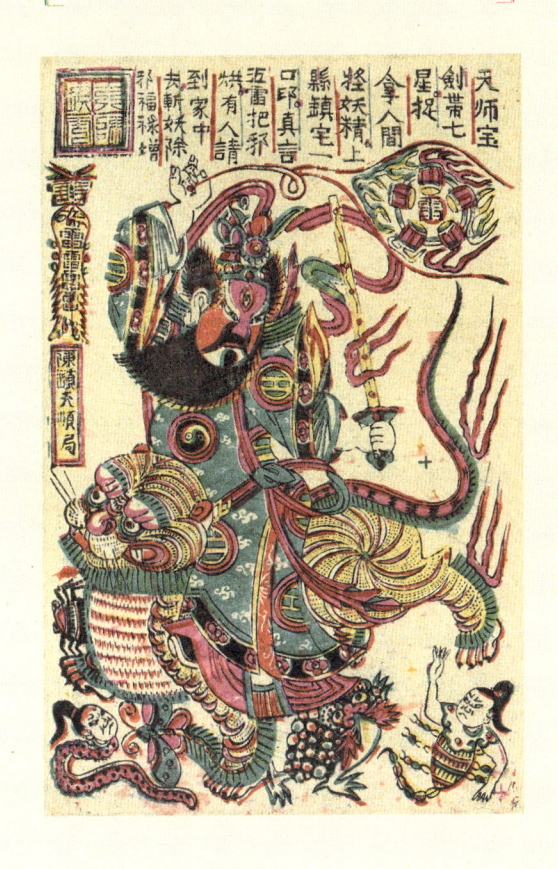

一、土地神的香火袋

土地神是中国民间供奉得最普遍的神仙之一。在陕西关中地区，土地神也被当作财神、平安神，称土地爷能够"土中生白玉，地内产黄金""门外一老仙，四季保平安"。

传说在很久以前，某座大山的山后有个土地庙，庙门上有一块匾额，上写着"消灾降福土地神"七个大字。据说这是当地百姓为赞扬此庙的土地神清廉无私、秉公办事而题写悬挂的。

山后面这个地方的土地神，虽然掌管着一方土地，但他从不滥用神力降灾百姓，从不向百姓索要香火。要知道，神仙也是要生活的，据说他们和凡人买东西需要用钱一样，要靠凡间供奉的香火来改善生活。所以在风调雨顺的日子里，这个山后土地庙的香火也一直不旺，土地神和土地娘娘过得非常贫寒。

一天，土地娘娘对土地爷说："家里没钱用了，你快想点办法，不行去找别的神仙借一点。"土地神无奈，只好出门去。路经山前的土地庙，远远看见一路上抬着整猪，担着整羊，去庙里进香的人络绎不绝。山后土地神很是惊讶，便跟着进香火的人们进庙

土地堂
年代：清代
产地：绛州

土地神

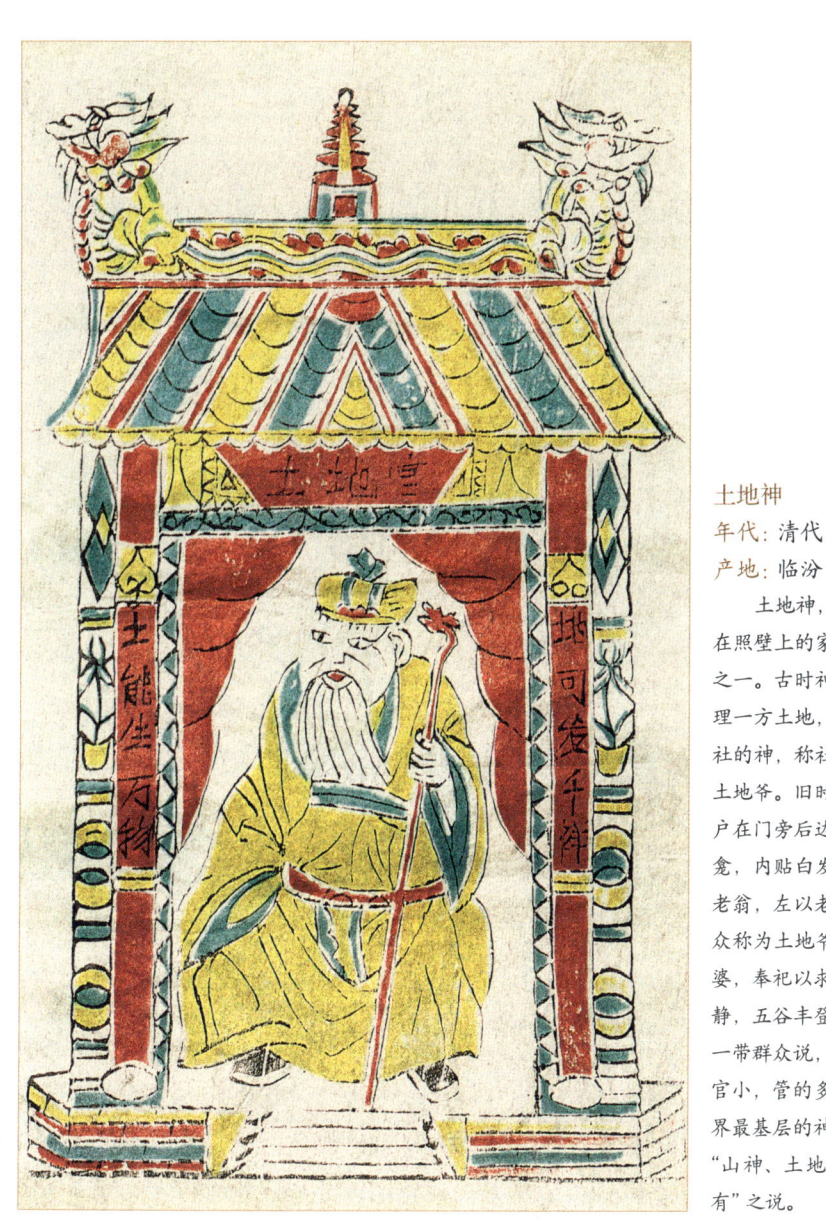

年代：清代
产地：临汾

　　土地神，是供奉在照壁上的家堂主神之一。古时神话中管理一方土地，守护村社的神，称社神，即土地爷。旧时民间家户在门旁后边多设小龛，内贴白发、黑衣老翁，左以老妪，群众称为土地爷、土地婆，奉祀以求四方清静，五谷丰登。平阳一带群众说，土地神官小，管的多，是神界最基层的神，故有"山神、土地神到处有"之说。

观看。

山前的土地神正满意地接收着百姓进献的香火，忽然看到山后土地神走了进来，满面愁容，觉得奇怪，便过来问他情况。闲谈中，山前土地神得知山后土地神的穷困状况，便笑他说："你也太无能了，怎么说咱们也是地府派来管理一方的神仙，你为啥不用香火袋显显灵，让百姓进香火呢？"

山后土地神说："我的庙离村子很近。我亲眼所见百姓生活困苦，而我又无力为百姓降福，因此我和土地娘娘早就不在意香火旺不旺了。我已把香火袋封了，使用的秘诀也忘了。"

山前土地神听后便说："不要再委屈自己了，把我的香火袋先拿去用吧。"说着，便把使用秘诀教给了他。

山后土地神拿着山前土地神的香火袋回到山后，和土地娘娘说明情况，最后商定去试试。他拿着香火袋在村里转了一会，便进了一户人家。见这家正吃午饭，他趁机念动口诀，把香火袋照一壮年头上套去。那人立刻感到头痛，在地上滚来滚去，叫苦连天。土地神见此惨状，没想到这般厉害，他不想害人，急忙取走了壮年头上的香火袋，一溜烟跑回了土地庙。

他向土地娘娘诉说了经过。娘娘叹口气说："罢了，快送还香火袋吧，咱们日子虽然贫寒，心里倒也坦然。"

后来，山后土地爷只消灾降福、不降灾百姓的事，被灶王爷知道了，他深受感动，便托梦给众百姓，把山后土地爷的善举告诉了他们。百姓们回想了一下，近几年确实风调雨顺，家家户户过

花瓶土地
年代：清代　产地：凤翔

得挺好，原来是多亏了土地神的一片善心。于是，众人便送了一块"消灾降福土地神"七个大字的匾额，挂在了山后土地庙的门上方，多多进献香火，感念土地神的恩德。从此山后土地神家里也宽裕起来了。

二、妈祖的故事

天后圣母俗称天后娘娘、妈祖。传为北宋时福建莆田人,能保佑海上平安。我国东南沿海地区都有祭祀妈祖的习俗,北方的沿江沿海地区也有天后信仰。

传说妈祖的原名叫林默,出生在福建的莆田。

她是林家的第六个女儿,因为她出生后非常安静,直到满月时都没有哭过一声,所以她的父亲给她取名叫林默。

相传有一年秋天,林默的阿爸和阿兄洪毅、阿姐秀香想去海上捕鱼。林默看了一下天气,劝他们说:"阿爸、阿兄、阿姐,近日有海妖兴风作浪,你们不要去出海了!"

阿爸看了看天气,对林默说:"小孩子不要乱讲,我出过多少次海了,什么天气没见过。今日风平浪静,哪会有什么风浪?"

阿兄也笑她说:"阿妹在家织布,能知道什么呢?"

林默并不罢休,她说:"你们如果硬要出海,我也要去!"

母亲王氏劝她说:"好孩子,别妨碍大人干活儿。咱们在家还有十几丈布未织,这几天你要帮我织完呢。"阿姐秀香也劝林默在

赤湾圣母

年代：清代
产地：佛山

赤湾，位于广东深圳南头半岛的南端。赤湾天后宫始建于宋代，供奉天后圣母。自宋朝以来，历代对天后圣母有过27次加封，从早期的救难扶危、保佑海上平安的"管海之神"，到后来借以倡导同舟共济、见义勇为、无私奉献的"慈善之神"，她在老百姓特别是水上人家心目中有着崇高的地位。此画是专门为赤湾天后宫成批生产的佛山木版神像画。画面刻画细致，形象端庄，四色套印，色彩艳丽，是当时典型的佛山木版年画。主要供沿海渔业和海上运输业的水上人家在天后宫祭祀后，带回船上供奉，以祈求平安。

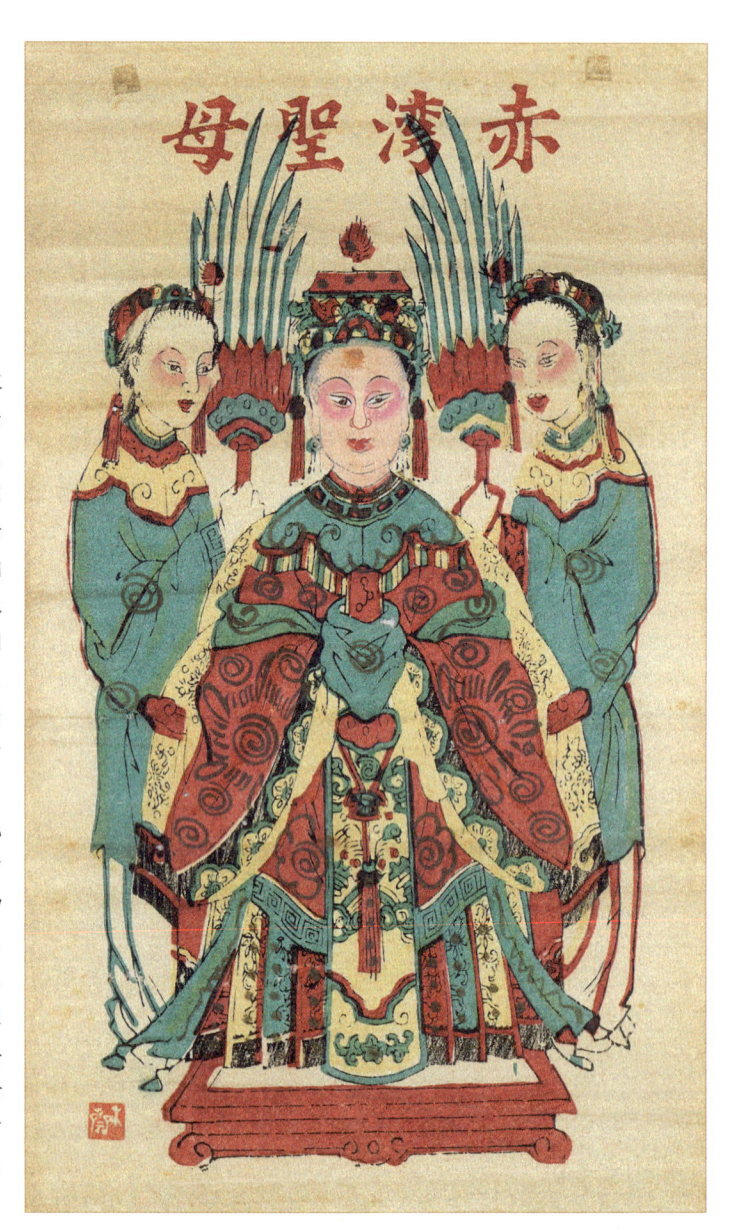

家里好好织布。

林默没办法,只好回到房间里,拿出一捆筷子,外面用红纸包住,拿给阿爸说:"阿爸,请你把它带在身边,要是遇到大风大浪,危急时,你可将红纸撕开,把这些筷子扔出海去,可保平安。"

阿爸并没有当回事,不过看女儿这么认真,就把那捆筷子收起来,插在内衫里。

阿爸、阿兄、阿姐出海去了。林默在家织布,心里闷闷不乐。织着织着,心思早已不在织布机上,脑袋昏昏沉沉地伏在机上睡着了。

再说那边出海打鱼的父子三人,摇着船,和其他乡亲们驶出港。没想到刚到了能打鱼的地方,原本平静的海上突然刮起了当头风,掀起了百尺大浪。乡亲们的渔船经不起这么大的风浪,有的桅杆断了,有的船桨折了,不少渔船翻了。

情况万分危急,阿爸突然想起了林默的话,就将那捆筷子拿出来,把它拆散,抛下海去。不多久,只见海面上浮起了无数根大杉木。那些落下海的渔民抓住杉木,都得救了!

但是风浪并没有停,阿爸刚抛下竹筷,自己的船也被打翻了,父子三人都落进大海,他们也赶紧抱住了一根大杉木。但是风浪太大了,阿爸年纪大,快要支撑不住了,洪毅和秀香拼命保护他。突然一个大浪打来,把他们又打散了。三个人在风浪中浮浮沉沉,十分危险。

生死关头,突然漂来一只小木排,上面站着一个小姑娘,顶着风浪前来救人了！小姑娘用面纱遮着脸，看不清楚什么模样。只见她转身跳进海里，左手提着阿爸的衣领，右手拉着秀香的手，正奋力地往木排上拖……

在这同一时刻，家里正在织布的阿妈看到林默伏在织布机上，眉头紧皱，神色紧张，汗流满面，一手持梭一手拉线，脚踏机轴，好像在跟什么人打斗一样。阿妈以为她是做噩梦了，就拍了她一下。

"哎呀！"林默惊叫了一声醒来，对阿妈说，"阿爸和阿姐救上来了，阿兄无法救了！"说着就哭了起来。

阿妈看林默哭了，有点生气地说："你这傻孩子，做个梦而已，别尽说傻话！"

过了不久，阿爸和秀香从海上回到家中。他们两人一路边走边哭。阿妈见儿子没回来，顿时昏倒在地。原来林默的梦竟然是真的。

后来，这样的故事还时有发生。

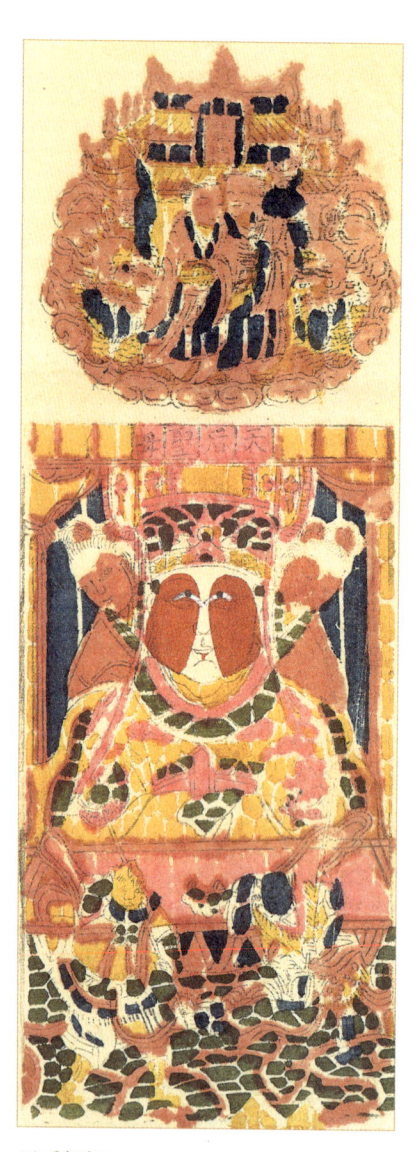

天后妈祖
年代：清末　产地：桃花坞

人们渐渐发现，林默除了通晓天文气象、熟习水性，还会测吉凶，经常能事前告知船户们可否出航。

传说有一次，狂风大作，黑浪滔天，海上的船只辨别不清方向无法进港，得讯后的林默情急中将自己家的房屋点燃了，让熊熊大火为船只引航……

在一次海上救援中，林默不幸遇难……消息传来，乡亲们悲痛欲绝，谁都不信她真的没了。传说，林默羽化升天，变成了海神，永远护佑海边生活的人们平安顺利。

妈祖——一代女神就这样千百年来被人们传颂着，从莆田到福建，到中国沿海，再到海外，成为人们心中的航海保护神。

三、灶王爷撞灶台

灶神在民俗中为专司监察善恶兼掌握家庭成员命运之神,是家家必供的"一家之主",灶神像贴供于厨房神龛内。旧俗每逢腊月二十三灶君上天向玉皇奏报,家家焚香设供摆糖瓜送灶,祈求灶神"上天言好事,回宫降吉祥"。

传说在很久很久以前,有一对家境富裕的夫妻。有一天,夫妻俩因为一件小事吵嘴,可丈夫控制不住自己的情绪,恼羞成怒,竟然把妻子赶出了家门。妻子伤心欲绝,失魂落魄地走到了一个很远的地方,又累又饿昏倒在路边,被一个善良的小伙子救回了家,后来两人结为了夫妻。

这个小伙子原本家境并不好,但他们夫妻俩相亲相爱,辛勤劳作,几年的光景,就成了有良田百顷、肥羊千只的富裕人家。家庭的经济状况好了,有了余力,他们便好心地周济附近贫困的乡亲,很受大家的尊敬。

话说回来,这位女子的前夫因为性格暴躁,又没人管束,竟染上了赌博这种恶习,把家产挥霍一空。有一年碰上当地闹饥荒,他身无分文,逃荒到了前妻居住的地方。

东厨灶君

年代：不详

产地：临汾

从画面看，上图标有"南天门"的是骑马灶神，分日报灶神与月报灶神两类，为玉皇的"耳目之神"。下图正中是"东厨司命"的一家之主，灶王爷与灶王奶奶受玉皇大帝之命，到人间专司每一户人家的善恶上报玉帝，以惩恶赏善。

灶君府
年代：清代
产地：杨家埠

  前妻家每天都给饥民们施舍饭菜。这一天，轮到他的时候，饭菜正好分光了，分饭的人见他实在可怜，就叫他到家中厨房去吃点剩饭。前妻认出了他，想起以前的感情，便有心帮助他，把一只金戒指放在碗里，盛上饭给他吃。

  前夫咬到了戒指，很是惊讶，连连道谢，这时他也认出了这家

祭灶

年代：清代　**产地**：杨柳青

年画为北方农历腊月二十三日"祭灶"的场景。旧的灶君像已被放入火盆中，旧对联"上天言好事，回宫降吉祥"还挂在墙上。灶房内男子躬身拱手，准备送走灶王。妇人怀抱小儿站在灶房外（民间有女不祭灶的传统）。画面布局开阔，线刻精美，设色稳重，为晚清年画上品。

的女主人就是被自己赶走的妻子。他羞愧难当，悔恨万分，一头撞死在灶台上。

传说由于这个男子太过悔恨，又特别希望改过自新，导致魂魄不散，玉帝得知此事，就封他当了灶王爷。因为这天正好是农历的腊月二十三，从此每年的这一天，百姓都会供奉拜祭灶王爷，民间把这称为"祭灶"。

四、观音募建洛阳桥

洛阳桥,又名万安桥,位于福建泉州洛阳江入海口处,是中国古代四大名桥,也是中国首座海港大石桥。由北宋泉州太守蔡襄主持修建。民间传说是观音帮助蔡襄募资建了洛阳桥,这个故事已经成为福建省的非遗传说。

相传九百多年前,泉州洛阳江口还是一个荒村古渡,名叫"万安渡"。水深浪急,渡船遇到狂风恶浪便被掀到海底……龟精、蛇怪常常搅浪掀波。

有一次,渡船驶近江心,忽然龟蛇两怪浮出水面,狂风浊浪眼看要掀翻小船,突然从空中传来呼喊:"蔡大人过江,休得无礼!"龟、蛇慌忙逃走,江上风平浪静,渡船平安抵岸。船上人十分惊奇,不知谁是"蔡大人"。

有一位丈夫姓蔡的孕妇暗自想:莫非是指我肚子里的孩子?将来孩子如能成器,定教他在洛阳江上修一座桥。妇人回乡后生了个男孩,取名蔡襄。

蔡襄从小聪明伶俐,读书也很用功,二十岁那年金榜题名,中

观音大士

年代：清代
产地：佛山

"观音大士"，佛教菩萨之一。本称观世音，因唐时避太宗李世民名讳，改称观音，也称观自在菩萨。佛经称其能救苦难众生，有难者只需一心向佛，诵念佛号，即能寻音往救，故称观世音。又传其能变化众多形象，千手千眼观世音，两眼两手外，左右各具二十手，手各一眼，配于三界二十五因果报应而成千手千眼，以示法力无边，能普度众生。观音本为男身，今河北正定县隆兴寺观音像即如此，而世俗多作女相，其旁常有善财童子侍立。观音除在石窟造像方面多见外，在瓷塑、织绣、佛画等各个方面亦均有表现。

了进士，后来受封端明殿大学士，很受皇帝的器重。他在京城时，老是挂念着建造洛阳桥这件事情。可是要建造洛阳桥，除非他被委派到泉州府做太守才有可能办成。如果向皇帝请求委派，皇帝肯定不答应，因为当时朝廷早有规定：不准文武官员回原籍做官。

有一天，蔡襄接到陪皇帝游玩御花园的消息后，就想出了一个办法。他暗中委托一个太监，预先在路边的芭蕉叶上，用毛笔蘸蜂蜜写了八个大字。不一会儿，蚂蚁嗅着香甜味都围过来叮蜜，排成了字阵。皇帝看见后很惊奇，顺口念了出来："蔡端蔡端，本府做官。"蔡襄的别称是"蔡端明"，简称"蔡端"。他听到皇帝说了这句话，便赶忙跪下谢恩。皇帝笑着说："我只是念芭蕉叶上的字，并非当真！"蔡襄一直跪着不起来，说："君无戏言，岂可失信于臣？"接着，又将母亲许愿造桥的事情对皇帝讲了一遍。皇帝很感动，就派他到泉州府做太守。

蔡襄上任后提出修造洛阳桥，他亲自勘察，招募工匠，筹集资金。开工那天，人山人海。可是，由于洛阳江"水阔五里"，一船船石料抛下江中，霎时就被汹涌的江涛卷得无影无踪。

一天夜里，他梦见一位仙人指点他"龙宫递榜"，急忙草拟了一道文书，请求海龙王退潮三日，好下桥基。写好文书后，便问左右下属："何人下得海？"恰巧有一位衙役名叫"夏得海"，一听传唤，以为蔡大人是在叫自己，便赶忙回答："小人夏得海！"蔡襄很高兴，把文书交给了夏得海。

夏得海接过文书，暗暗叫苦，龙宫送信，明明就是去送死。他

三打洛阳桥（局部）
年代：民国　产地：杨家埠

索性喝得酩酊大醉，倒在沙滩上。此时正好涨潮，他仿佛被带入水府，又喝了龙宫的玉液琼浆……

一觉醒来，手中文书不翼而飞，手心赫然写个"醋"字，只好踉踉跄跄回府衙交差，把做的梦也原原本本地讲了。蔡襄盯着"醋"字想了半天，突然大悟，这"醋"字拆开不就是"廿一日酉时"么？这分明是海神龙王暗示退潮的时辰！蔡襄立刻差人在城门张贴布告，谕令民众和工匠做好奠基准备。

廿一日酉时，汹涌的海潮果然退尽，蔡襄指挥工匠抛石奠基、砌筑桥墩。还差最后一座桥墩时，石头已经用完，一旦海潮上涨，就会前功尽弃。恰巧吕洞宾路过，一挥拂尘，山上的岩石排着队滚到桥墩的位置。终于，桥墩赶在三日内造好了。

一天，蔡襄发现洛阳江中的礁石上，长着密密麻麻的牡蛎丛，心想要是在桥基和桥墩连接处种满牡蛎就好了，底座就成一体了！正在这时，江上刮起一阵飓风，把江中的牡蛎丛全都吹起，牢牢地把桥墩和桥基处黏为一体。

蔡襄四下张望，只见云端上立着南海观音，他赶紧下跪叩谢。南海观音笑着说："学士苦心，耗空府库建此长桥，待我帮你筹资，尔后再请八仙助你除妖，永绝后患！"说完就消失了。

第二天，南海观音化作一位绝色美女，怀抱琵琶，坐在船上，背对河岸，飘荡在洛阳桥边，她声称谁若能用金钱投中她，她愿嫁与谁为妻。一时间，沿江两岸人头攒动，有钱人争相投掷金钱，金钱雨点般落在小船上，可谁也投不中。侍女站立美女侧方，轻轻摇橹；洛阳桥上，工匠们手持铁锤錾子加工石板；半空中，吕洞宾踏着云彩，手托元宝。

  小舟天天满载金钱，晚上送入府库。很快，就筹了一大笔资金，造好了桥的栏板、亭子、塔、石狮。后来，八仙又赶来剿灭了龟蛇水怪，洛阳桥一直平安通行到了今天。

五、嫦娥奔月

嫦娥是中国上古神话传说中的人物，传说她因为吃了西王母的不死药飞到月亮上，成为中国的月亮女神。商朝卜书《归藏》记录了"嫦娥奔月"的最原始版本。

传说在很久以前，后羿在山中打猎，在一棵桂树下遇到了美丽的嫦娥。两人一见钟情，便请桂树作证，结为夫妻。

他们刚过了几年幸福的生活，突然灾难出现了。天上出来了十个太阳，大地炽热，庄稼都烤焦了，草木一片肃杀，老百姓什么吃的也没有。还有六个凶猛的怪兽出现在人间，祸害百姓，它们是猰貐（yà yǔ）、凿齿、九婴、大风、封豨（xī）、修蛇。

猰貐龙首猫身，居弱水中，喜欢吃人；凿齿居住在沼泽地带，长有像凿子一样的长牙，手中持有盾和矛；九婴是水火之怪，能喷水吐火，有九个头颅；大风是一种凶恶的鸷鸟；封豨是大野猪怪；修蛇也叫巴蛇，据说大到能够吞下一头大象。

这些怪兽肆意妄为，百姓们苦不堪言。当时主政的帝王是尧，尧帝知道后羿神力非凡，便请后羿去杀它们。

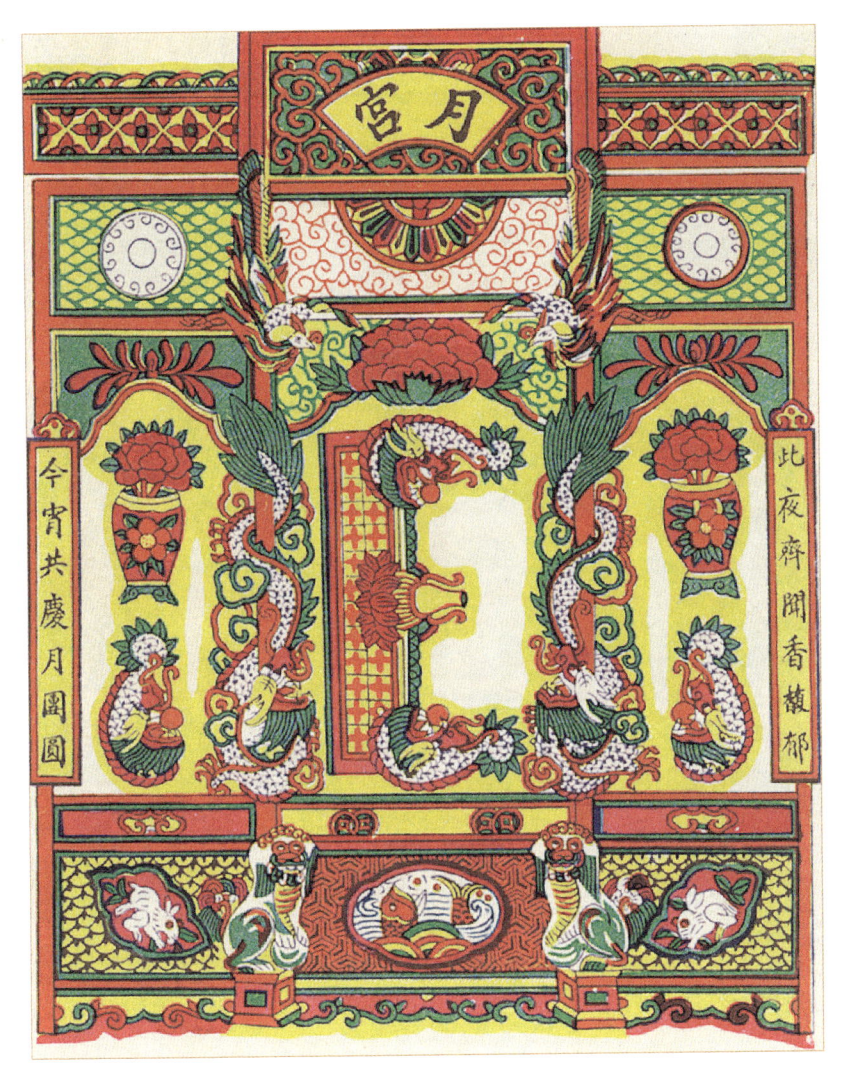

月宫牌楼

年代：清末　产地：桃花坞

　　上下两幅分别为"月宫牌楼"和"彩旗"，中秋节祭祀用。图中绘凤凰牡丹、双龙绞柱、鲤鱼跳龙门和玉兔，上写"月宫"，两旁有"此夜齐闻香馥郁，今宵共庆月团圆"的对联。后页斗旗，也是中秋之夜祭祀用，祭毕焚于月下。

嫦娥奔月
年代：民国
产地：桃花坞

嫦娥奔月
年代：民国
产地：佛山

后羿先到南方的沼泽地中猎杀了凿齿，又在北方一条大河的河岸上杀死了九婴，在东方的荒原上用弓箭射杀了大风，接着打败猰貐，在洞庭湖杀掉了修蛇，最后在中原一带的桑林捉住了封豨。

　　打完这些怪兽后，后羿又施展神力，用弓箭射向天空中的太阳，射落九个，只留下一个，从此天地的秩序又恢复了，人间也太平了。百姓们过上了太平的日子，都很感谢尧帝和后羿。

　　后羿和嫦娥生活幸福，他们希望能这样长久地活下去，便去找西王母恳求不死之药。西王母知道后羿功劳很大，为人间的老百姓做了很多好事，便很痛快地给了他长生灵药。后羿回家后，小心地把灵药交给嫦娥，让她好好保管，待两人把人间的事情处理完，便一同吃灵药成为神仙。

　　当时有个恶人叫蒙，他听说嫦娥有灵药后，便想去偷，结果被嫦娥发现了，蒙便变偷为抢，强迫嫦娥交出灵药来。

　　嫦娥想，绝对不能让这种恶人长生不老，她宁死也不肯交出灵药。在蒙动了杀心的时候，她只好把灵药吞了下去。一瞬间，灵药起作用了，嫦娥扶扶摇摇，升上天空，衣带翩翩，身体斜斜地越飞越远。

　　嫦娥自己无法控制，越飞越远，她和后羿的距离也越来越远了。嫦娥心中非常难过，这时她看到离人间比较近的月宫正在眼前，便纵身一跃，真的跳到了月宫中，从此便留了下来。

　　月宫又称广寒宫，寒冷寂寥，嫦娥整天怅然若失，思念后羿，

唐王游月

年代：清代　产地：杨柳青

每天什么心思也没有。好在月宫里有一只玉兔陪着她。嫦娥常常让玉兔捣药，想配一种能让她飞离月宫的药，重回人间。

后羿听说嫦娥奔月而去，痛不欲生。西王母被他的诚心感动，便允许嫦娥在八月十五那一天，趁着月圆之日，与后羿团圆在桂树下。传说还有人听到过他们的窃窃私语呢。

八月十五这天，后来便成为中国人的团圆节。

六、和合二仙

和合二仙的原型是唐代僧人寒山、拾得，后来演变为蓬头笑面的仙人，成为保佑家庭和睦、婚姻美满之神，后来又进入财神行列。他们分别持荷花及宝盒，宝盒中金锭元宝无数，财宝盆上升起祥云。

相传在唐朝，天台国清寺里住着一位丰干禅师。他相貌堂堂、气度不凡，但是衣着朴素，为人谦和。有一天，丰干化缘到赤城附近，忽然听到小孩的哭声。他循声望去，只见一个婴儿躺在路边，十分可怜。丰干禅师赶快过去把他抱起来，等着人来认领，结果等到晚上也没有人过来，心想这可能是被人遗弃的孤儿了。丰干禅师可怜这个孩子无依无靠，就把他带回国清寺，既然孩子是路边捡来的，就给他取名"拾得"了。

拾得慢慢长大了，在国清寺斋堂每天做收拾碗筷、添饭加水的活儿。他在寺庙内外交到了不少朋友，尤其与附近一个叫寒山的孩子很投缘，两个人成为挚友。寒山是个穷人家的孩子，每次只要寒山来玩，拾得就将斋堂里的剩饭用竹筒盛好，交与寒山带回家去吃。

许多年后，他们都长大了。寒山常年隐居在天台山西南部的寒岩幽窟中，自号"寒山子"，只与国清寺的丰干、拾得很亲近。但是寒山长得枯瘦憔悴，衣衫褴褛，头上戴着桦树皮制作的帽子，脚下穿着木屐，邋邋遢遢很不像样子。并且他的行为举止也有点奇怪，常在寺庙的廊下踱步，或对着空气比画，惹得寺僧很不耐烦，拿杖棍赶他，他倒也不以为意，反而拍拍手，呵呵大笑而去。

寒山和拾得对佛学、文学有独到见解，常一起诵谈佛法，吟诗作对，劝人向善。但人们却觉得他们疯疯癫癫，不但不信他们的话，反而对他们讥笑谩骂。国清寺半月诵戒的时候，众僧聚集，神情庄重，只有拾得在一旁拍手道："聚头作相，那事如何？"被训斥之后，拾得又说："大德且住，无嗔即是戒。心净即出家。"

有一天晚上，国清寺的寺僧们都做了一个同样的梦，梦见山神说："拾得打我，骂我。"第二天早上，大家来到山神像前仔细观察，果然看到被杖打的痕迹。大家去问拾得怎么回事，拾得说，山神本应该守护好寺庙，但是昨天寺中的饭食、花果被鸟儿啄食，山神有失职责，枉受供养，于是就责打了寺中供养的山神像。众僧人这才知道拾得的来历不凡。

有一次，拾得去寒岩洞看望寒山。正值盛夏，寒岩洞山脚的岩前村大大小小的池塘里，一朵朵荷花亭亭玉立伫立在层层叠叠的荷叶间随风荡漾。两人见荷花开得鲜艳，就一同下山赏荷。恰好遇上村里有一户人家娶亲。眼见送亲队伍渐渐走近，寒山和拾得二人停下嬉闹，笑容满面，安静地立在路旁，双手合十表示贺喜。送亲队伍在两人跟前停了下来。媒婆走上前去，问道："今日良辰美景，

和合二仙
年代：清代
产地：高密

　　此是仙童斗宝图，一人怀抱金蟾，一人篮装宝盒，各显其有，衬之以寿桃和牡丹，寓以"福禄寿喜"之意。画中二人笑容可掬，其乐融融，是《和合二仙》原图的演化和变型。

又是两位新人的好日子,两位师父可有礼相贺呀?"

拾得灵机一动,顺手就将手中刚摘的荷花献了过去,说了一句:"祝两位新人和和美美,百年好合!"众人听了都说:"小师父说得真好!"寒山见拾得献出了荷花,而自己两手空空。他挠挠脑袋,径直走进送亲队伍当中,从新娘嫁妆中端出一只扁圆有盖的食盒。寒山将盒子抱在怀里,闭上眼煞有介事地摇晃了几下,众人诧异。然后寒山走到新娘的轿子前,慢慢地打开盒盖,不想从里面突然飞出一只蝙蝠,接着又飞出一只,一下子飞出了五只蝙蝠。众人看呆了。寒山对新郎、新娘说:"这叫五福(蝠)临门,祝两位新人福禄双全!"

拾得执荷、寒山捧盒祝福新人的佳话在天台流传开了,"荷"为"和","盒"称为"合",寓意和(荷)谐、合(盒)好,民间从此将荷花、食盒视作和合美满、喜庆吉祥的象征。

贞观年间,有位新上任的台州刺史名叫闾丘胤。他初到台州,在路上偶遇丰干禅师,于是问道:"天台山有没有高人贤士?"丰干回答:"当然有,只是见到他们的人并不真正认识他们,真正认识他们的人又无缘见到他们。你如想见到他们,可千万不可以貌取人哪"。见刺史有意访贤,丰干又说:"寒山是文殊菩萨化身,看上去却像乞丐;拾得则是普贤菩萨化身,隐迹天台。这两位都不是凡人。"闾丘胤听了,决定一探究竟,仓促之间忘了请教高僧法号,殊不知眼前这位正是鼎鼎大名的丰干禅师。

闾丘胤来到国清寺求见寒山和拾得,寺僧都很惊讶,心想他为

111

和合二仙图
年代：清中期
产地：桃花坞

什么要见这两个疯疯癫癫的人呢？不过看闾丘胤很急切，寺僧便领他来到寒山隐居的寒岩。

寒山、拾得两人正坐在一堆篝火前面畅谈。闾丘胤上前行了大礼，说明来意，请两位菩萨指点。众僧人一听，更为惊讶。

寒山、拾得相互看看，然后说："丰干饶舌，丰干饶舌。弥陀不识，礼我何为？"意思就是丰干多嘴，你这人见到阿弥陀佛也不认识，为什么要对我们行礼呢？

说罢，二人抚掌大笑，手拉着手往山林深处走去。刺史急忙带领四名随从骑马去追，结果寒山拾得二人越走越快，几乎飞了起来。追了有七十多里，来到了一处叫作明岩的地方，一座又高又陡的峭壁兀立在眼前。刺史以为这下可以追上了，没想到寒山、拾得从一石壁裂缝遁入。

刺史还想继续去追，这时他们乘坐的五匹马却像被固定住了似的，夹在岩缝里动弹不得。眼见如此，刺史等人只得下马，眼睁睁望着寒山和拾得的身影隐没在岩缝中，马儿也随着裂缝闭合消失不见了。据说明岩的石壁上直到今天仍残存着五马交错的痕迹。

自从圣迹显露后，人们再没见到寒山、拾得，连丰干也不见了踪影。于是闾丘胤派人将寒山随手题写在石壁上、刻在山林间的诗文一一抄录下来，共三百余首。这时人们才发现，这些诗文里蕴含着非常深刻的佛法和智慧。

为了纪念寒山拾得，人们在去往国清寺的必经之路上修建寒拾亭，把丰干禅师捡到拾得的山岭叫作"拾得岭"，寒山隐居的寒岩

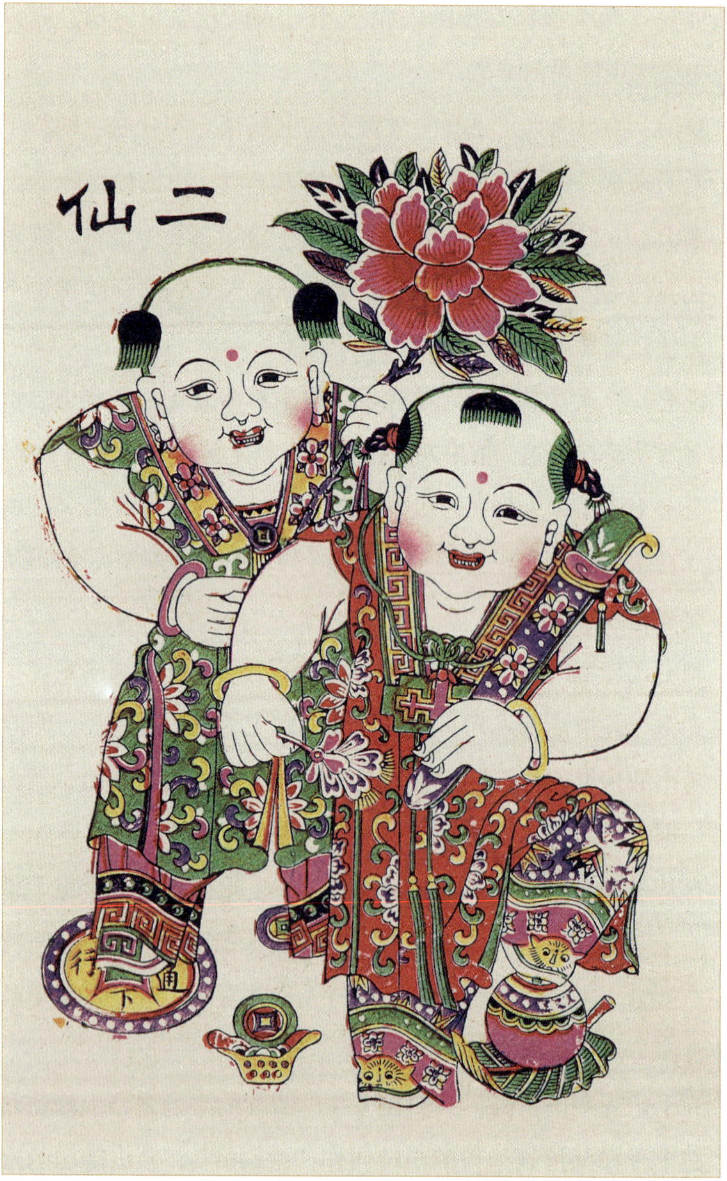
二仙

和合二仙
年代：不详
产地：平度

洞口一块平坦的大石头称为"宴坐石"。

又过了好多好多年，有一天，当时的皇帝在梦中得到一位布衣仙人的指点，让他起驾到宰相家巡访。皇帝照做了，来到宰相家的书房，只见书桌上摊着一本书，便问宰相："爱卿在读什么书？"宰相回答："是寒山、拾得的诗偈。"只见宝蓝色缎面上写着"天台山国清寺三隐集"几个大字。皇帝轻翻书页，看到"寒山问拾得"这一章。

寒山问拾得：世间谤我、欺我、辱我、笑我、轻我、贱我、恶我、骗我，如何处治乎？

拾得回答：只是忍他、让他、由他、避他、耐他、敬他、不要理他，再待几年你且看他。

皇帝读罢，连声称赞，他注意到书房的墙正中悬挂着一幅画。走近一看，只见画上两个孩童，一人手持荷花，一人手捧锦盒，相视而笑，画角上题着"和合图"三个字。他问宰相这幅画的来历。宰相回答道："此画乃臣家祖传，已十代有余。家父有言，这幅《和合图》定要好生保管，世代传承。二仙佑护全家代代和睦相处。"皇帝一听，顿时豁然开朗。原来梦中的神仙是要我来看这部诗集和画像呀，如果将它们传给全天下人，何愁风气不正、九州不和合？于是皇帝下旨敕封寒山为"和圣"、拾得为"合圣"，自此"和合二仙"便有了"和合二圣"的封号，而寒山、拾得的诗文集和那幅《和合图》也一起流向民间，挂在很多人的家中，将"和合二仙"的故事传至天下。

七、宝莲灯

中国有东岳泰山、南岳衡山、西岳华山、北岳恒山、中岳嵩山五座名山。却说那西岳华山，也有东峰朝阳、南峰落雁、西峰莲花、北峰云台、中峰玉女五座山峰，如花瓣般盛开在关中大地，非常美丽，所以人称花山，后来叫作华山。

掌管华山的神仙是一位如花般美丽、如水般温柔的女神——华山三圣母娘娘。这三圣母住在莲花峰顶的圣母殿里，身边有一盏王母娘娘赠的镇山之宝——宝莲灯。

只要宝莲灯大放异彩，不管哪路妖魔、哪方神仙，都得束手就擒或逃之夭夭。不过三圣母仁慈，常常不辞辛苦，用神灯指引进山迷路或陷入危难的人。

这天，大雪纷飞，游人、香客全无。三圣母正独自在殿上轻歌曼舞，忽见一人跨进庙来。她急忙登上莲花宝座，化为一尊雕像——美丽、温柔、娴静。进来的是位进京赶考的年轻书生——刘彦昌，因路遇大雪，想进庙避避。谁知他刚跨进大殿，就被圣母的塑像深深地吸引了。可惜，这是一尊没有血肉、没有感情和知觉的塑像。

宝莲灯

年代：清代

产地：杨柳青

  华山三圣母爱上凡人刘彦昌，生子沉香。其兄二郎神百般阻挠，将三圣母压在华山下。后刘娶王氏为妻，生子秋儿。沉香失手打死太师之子官保，王氏放走沉香，以秋儿抵罪。沉香得以拜师学艺，劈山救母。图中二子为秋儿和沉香，两人互争打死官保之责，愿去抵命。

刘彦昌怀着深深的遗憾，抑制不住内心的爱慕之情，取出笔墨，龙飞凤舞地在大殿的白壁上题诗一首：

只疑身在仙境游
人面桃花万分羞
咫尺刘郎肠已断
寻她只在梦里头。

三圣母默默地凝视着刘彦昌，心里十分矛盾：眼前这位年轻书生多么英俊、潇洒、有文采，又对自己满怀深情，自己又何尝不喜欢他呢？可是，一个上界仙女，一个下界凡人，又怎能缔结姻缘。

雪停了，三圣母目送怅怅离去的年轻人，心中也依依不舍。刘彦昌离开圣母殿没走多远，山中忽然起了大雾，让他寸步难行，这时四面又传来狼嚎虎啸，令他心生畏惧。三圣母为单身行路的书生担忧，连忙提着宝莲灯出门观看。大雾茫茫一片，下面突然传来呼救声。原来一头猛虎正向刘彦昌扑去。三圣母赶紧用神灯一照，立刻云消雾散，猛虎也受惊逃走了。刘彦昌认出救他的正是三圣母娘娘。二人四目相对，终于明确了心意，相约结为夫妻。

婚后，两人恩爱无比。后来，刘彦昌考期临近，三圣母已有身孕。上路赶考前，刘彦昌赠三圣母一块祖传沉香，说日后生子可以"沉香"为名。二人十里相送，难舍难分。

谁知没有不透风的墙，三圣母私嫁凡人的消息最终让她的哥哥

杨二郎

年代：不详
产地：平度

　　杨二郎，即杨戬，在古典小说《西游记》中，他是玉帝"令甥"，法力无边。图中刻画杨戬与南极子（即南极仙翁）、哪吒等大战牛魔王的情景。画面构图紧凑，人物刻画细腻，是扇面画的经典之作。

二郎神知道了。这二郎神性情专横，头脑古板，觉得妹妹私自下嫁凡人，不但犯了天规，而且败坏门风，害得他在天庭丢脸。他怕玉帝问罪，自己受牵连，就毫不犹豫地点起天兵天将放出哮天犬，直奔华山兴师问罪。

兄妹俩话不投机，动起手来。因三圣母有宝莲灯护身，二郎神总近不了她的身。但打着打着，三圣母忽觉腰酸腹痛。只见她一个踉跄，身旁的哮天犬猛地冲上来，一口咬住了宝莲灯。

失去了宝莲灯，二郎神一下子就捉住了三圣母。他命三圣母打消凡心，三圣母坚决不从。二郎神气得"哇呀呀"怪叫，一掌把三圣母打入莲花峰下的黑云洞里，让她永远不得出来。

三圣母在暗无天日的黑云洞里生下儿子沉香。为防不测，她写下血书放入孩子怀中，又托付土地神：一个月后在圣母殿里，将孩子交给前来朝山的刘彦昌。

再说上京赶考的刘彦昌一举金榜题名，被封为扬州巡抚。他走马上任前，特来华山。谁知圣母殿里积满灰尘，四面蛛网，满目凄凉。再看三圣母塑像，虽说容貌依旧，却好像面带愁态，神色忧伤。

刘彦昌正在低头难过，忽然吹来一阵香风，又听到有孩子的哭声。刘彦昌猛一抬头，见香案上躺着个婴儿，正蹬手蹬脚地哭着。他连忙上前抱了起来，原来是个男婴，脖子上挂着沉香，怀里还揣着血书。

刘彦昌从头到尾读了下来，泪如雨下。原来三圣母遭此大难，眼前的男婴就是自己的儿子！

刘彦昌哭着把沉香带回扬州，雇了奶妈留在自己身边细心抚养。沉香一天天长大，聪明伶俐，身强体壮，也渐渐地懂事了。

十三岁那年，沉香偶然在父亲的箱柜里翻出血书，才知道母亲被压在华山底下。他一心想救出母亲，但父亲对此总是摇头叹息。一天，沉香实在忍不住了，就带上血书，不辞而别，独自上华山救母。

沉香走啊走，脚掌磨破了，吃尽了千辛万苦，终于来到华山，可是母亲在哪里呢？

他放声大哭，悲惨的哭声在山谷中回荡，惊动了过路的霹雳大仙。好心的大仙看了血书，深为善良的三圣母和苦难的孩子抱不平。霹雳大仙想了想，答应带沉香去找母亲。

沉香催大仙赶紧上路。于是大仙前面行走如飞，沉香后面紧紧相随，不敢落下半步。

走着走着，前面出现一条大河，只见霹雳大仙一飘就过去了。河上没有桥，也没有船，但沉香想也没想，就奋不顾身地跳下河，想游过去追赶大仙。谁知这条河不是一般的河，而是天河。沉香跳进天河里，被天河水冲洗，很快脱胎换骨，变得力大无比。

霹雳大仙告诉他：前面山里锁着一把宝斧，有了宝斧才能劈开华山。沉香直奔过去，只见那里烈火熊熊，团团火焰直往外蹿。沉香一心取宝斧，什么也顾不上了，纵身就往烈火里跳。谁知里面并没有火，只见一把宝斧锁在山崖上，闪耀着红光。沉香一步跨了过去，扭断锁链，取下宝斧。

有了神力和宝斧，沉香谢过霹雳大仙，重回华山救母。他独自来到华山黑云洞前，大声呼唤娘亲，声音穿透重重岩层，传入三圣母的耳中。

三圣母知道儿子来救自己，感动不已。但她深知哥哥二郎神神通广大，连当年大闹天宫的孙悟空也与他难分高下，现在又抢去了宝莲灯，年幼的沉香哪里是他的对手呢？无奈，三圣母叫儿子不要轻举妄动，还是去向舅舅求情乞谅吧。

沉香来到二郎神庙，向舅舅二郎神苦苦哀求，希望他放了母亲。谁知二郎神铁石心肠，非但不肯放出三圣母，反而舞起三尖两刃刀，劈头向沉香砍来。

沉香怒不可遏，指责二郎神欺人太甚，便抡起宝斧，迎了上去。二人云里雾里，刀来斧往，山里水里，从天上杀到地下，从人间杀到天庭，直杀得地动山摇，翻江倒海，天昏地暗。这件事惊动了天上的太白金星，他派四位仙姑去看个究竟。四位仙姑站在云端看了一会儿，也觉得二郎神身为舅舅，如此狠心地对待一个孩子，太无情无义了。于是她们相互一使眼色，暗中助沉香一股神力。沉香越战越勇，二郎神再也招架不住，只得落败而逃，宝莲灯也落到沉香的手中。

沉香立即赶回华山，来到黑云洞前。他抡起宝斧，猛劈过去。只听得轰隆隆一声巨响，华山裂开了。受尽整整十三年苦难的三圣母重见天日，和儿子紧紧抱在一起。

八、八仙过海

八仙为民间传说中道教的八位神仙，即铁拐李、汉钟离、张果老、何仙姑、蓝采和、吕洞宾、韩湘子、曹国舅。"八仙过海，各显神通"是中国经典的神话传说。相传，八仙自王母蟠桃大会醉别而归，途经东海，但见白浪滔天，吕洞宾提议八仙各投一物过海东游，以展现仙家本事。

"三月初三春正长，蟠桃宫里看烧香。"传说每年农历的三月初三，是王母娘娘的生日，各路神仙都要到蟠桃宫来向她祝寿、拜贺。

这年的三月初三，蟠桃宫里仙乐飘飘、酒香阵阵，神仙们驾着五彩祥云翩翩而至。王母娘娘让众位仙女引仙宾入座，蟠桃宴已摆好，桌上的仙酒、仙桃大家可以尽情享受。

这年的蟠桃宴上有八位新上天的神仙引起了众仙的注意。他们单独坐在一桌：最引人注目的是李铁拐，又叫铁拐李，据说是八仙之首。只见他黑脸蓬头，金箍束发，破衣烂衫，瘸着一条腿，挂着一根铁拐杖，身后背着一个大葫芦，完全是叫花子打扮。不过可别小看他，他手中那根铁拐杖扔到空中，立时能化作一条神龙。

铁拐李旁边坐着吕洞宾，据说他是集"剑仙""酒仙""诗仙"于一

八仙闹东海

年代：清代　产地：佛山

"八仙闹东海"是八仙神话中动人的故事。此图作者以丰富的想象力，通过长卷式的构图，创作了反映这一神话故事的木版年画。

身，眉清目秀，风度翩翩，袖子里藏着一柄青蛇短剑，还有一支玉箫。

在座的还有一位美丽的仙女，叫何仙姑。她原是人间的一位普通姑娘，王母娘娘喜欢她，给她吃了几个仙桃，从此她就成了一个能在天上飞的长生不老的仙女。

坐在何仙姑旁边的那位仙人白鼻红袍，头戴纱帽，手捧朝笏，一副县官模样。据说他未成仙时是位皇亲国戚，人称曹国舅。

坐在上手的是位老神仙，白发白须，名叫张果老。他怀里藏着一头白纸折成的驴子，只要他轻轻地吹上一口气，纸驴就会变成神驴，能日行千里呢。

张果老旁边的神仙红脸豹眼，留着大胡子，挺着大肚子，头上梳着两个大抓髻，手摇棕扇，模样倒也威武。传说他原是汉朝的一员虎将，名叫汉钟离。

桌子的下手并排坐着两个年轻的神仙：身边放着一篮鲜花的叫韩湘子，据说是大文学家韩愈的侄子。韩湘子旁边那个身穿破蓝衫，系一条三寸宽木腰带，一脚穿靴一脚光着，手拿三尺长大拍板的，是道士蓝采和。

八仙刚好坐满一桌。从此以后这种方桌就被叫作"八仙桌"。话说八仙开怀畅饮，直饮得尽兴而散。辞别王母娘娘后，他们驾着云彩，一会儿便来到东海上空。

只见大海波涛滚滚，巨浪拍空，发出惊天动地的呼啸声。当然，八仙腾云驾雾，越海而过不是什么难事。不过吕洞宾建议说："各位仙友，我们就这样驾云过去，太乏味了。不如大家各丢一件宝物到海里，

八仙过海

年代：清代

产地：高密

八仙过海
年代：清代　产地：杨柳青

　　乘着它漂洋过海，岂不痛快？"众仙觉得有趣，加上此刻酒足饭饱，兴致正高，都想露一手，就爽快地答应了。

　　好个铁拐李！他拿出铁杖一抛入海中，铁杖便化作一条蛟龙，在海上昂首腾跃。铁拐李跳下云头，站在龙背上破浪前行。韩湘子不甘落后，扑通一声把手中的花篮投到海中。只见篮里的鲜花铺伸出去，他站在美丽的鲜花"毯"上飘然而渡。

　　吕洞宾紧跟着投下玉箫。玉箫落海没有变大，但吕洞宾稳稳地站在上面，也不觉得小。海风从箫管中吹过，奏出美妙的乐曲。

　　"踏歌蓝采和，世界能几何？"和着箫声，流浪道士蓝采和边舞边唱着，顺势把手中正拍着的大拍板唰地扔到海里。拍板浮在海上，像一只木筏，载着蓝采和稳稳地前行。

"举世多少人，无如我老汉。不是倒骑驴，万事回头看。"张果老敲着简板高声唱着，纸驴飘然落海。眨眼间，一头白驴浮出海面，张果老倒骑着，渡向对岸。

其他几位仙人也纷纷从云端降落。曹国舅脚踏玉朝笏，汉钟离站在大棕扇上，韩湘子卧在花篮里，何仙姑亭亭玉立于荷花中间，风姿迷人。只见八位仙人，各自乘着自己的宝物，在海上乘风破浪，引得海中龙王和虾兵蟹将都浮上来观看。他们齐声欢呼："看啊，八仙过海，各显神通啊！"

九、麻姑祝寿

麻姑是代表长寿的仙姑,她人善、心热,传说她曾看过三次东海变桑田,桑田变东海。

相传麻姑的父亲叫麻秋,在一个镇上帮人养马。麻姑的母亲在一场战乱中被官兵抢去,再也没有回来。麻秋的脾气一直很坏,不会照顾家人。而麻姑从小心灵手巧,年龄稍大一点儿,就做针线活补贴家用。

一天,麻姑在一户人家做好针线活,主人很满意,赏她一个大桃子。麻姑舍不得吃,把桃子揣在怀里,想拿回家给父亲。麻姑路过街道,看见路边围着一圈人,一位穿黄衣服的老婆婆躺在地上。周围人说,她是饿坏了。

但谁也拿不出东西给老婆婆吃。麻姑就从怀里拿出桃子,蹲下身来扶起老婆婆,喂她吃桃子。桃子甜,水又多,老婆婆很快缓过来了。周围人都夸麻姑。这时老婆婆说:"我还想喝点粥。"麻姑说:"婆婆别动,我回家去煮。"

麻姑回家生火煮粥,要送给老婆婆。父亲十分不满,说,吃了

麻姑献寿图

年代：清中期
产地：桃花坞

　　长寿女神麻姑是道教传说中的神话人物，相传为葛洪所著的《神仙传》记载。民间传说王母娘娘三月初三过生日时，举办蟠桃盛会，麻姑特酿制寿酒献给西王母，这就是民俗艺术中重要的祝寿题材"麻姑献寿"。明清以来，民间为女性祝寿多赠《麻姑献寿图》，历史上有许多画家都有此题材画存世。

麻姑进酒
年代：清末
产地：上海

桃子就行了，还要喝粥，我们家还缺粮呢。父亲把她关进了后屋。

半夜，麻姑从锅里舀了一碗粥，偷偷溜出了后屋。老婆婆不见了，只有她吃过的桃核还在老地方。麻姑无奈，看着桃核出神儿，过了会顺手捡起桃核回了家。

麻姑把桃核种在院子里，没想到很快就发芽了，一年后竟长成了一棵大桃树。奇怪的是，这棵桃树每年正月里开花，三月里就结出又大又红的桃子。

阴历三月正是青黄不接的时节，麻姑就用桃子接济一些贫困饥饿的老人。吃了这个桃子，几天不用吃饭，小毛病也好了。老人们私下都说麻姑是天仙下凡。

麻秋跟着赵王石勒打了胜仗，因战功被封为征东将军。战争结束后，麻秋衣锦还乡，给自己造了一座高大的将军府，让家人都搬进去住。但是女儿麻姑觉得将军府高高在上，离乡里乡亲们太远了，她到那里去住就无法照顾乡亲们了，于是不愿搬家。麻秋大怒，派士兵去砍倒了桃树，烧了老房子，逼着麻姑住进了将军府。

父亲监管造城，苛刻凶狠。麻姑却悄悄善待工匠们，偷偷给他们送药补衣，还想办法让他们多休息。

麻秋发现后很是恼火，叫人去把麻姑锁进闺房。麻姑赶紧逃到山上。麻秋怒上加怒，决定放火烧山，要把女儿逼下山来。正在这时，王母娘娘恰巧路过，她早就听说过麻姑的善行，当下把麻姑救了出来，收为弟子。

到了三月三日王母娘娘的寿诞，瑶池举行蟠桃大会，各路神仙

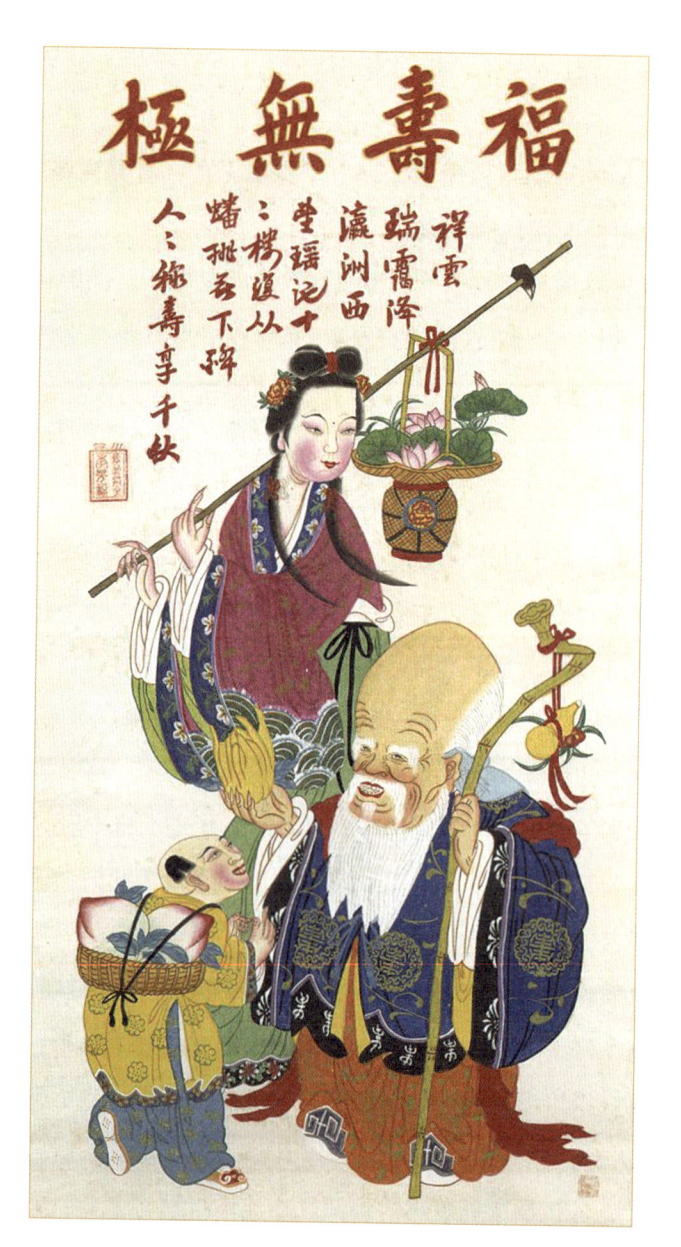

福寿无极
年代：近代
产地：绵竹

都来祝寿。百花、牡丹、芍药、海棠四位仙子都来邀请麻姑一同前往，麻姑因正在采百花制作百花酿，便请四仙子先行，自己一路寻找，终于在绛珠河畔寻到了灵芝仙草，酿成上好的百花灵芝酒。

宴会上，麻姑把美酒献给王母娘娘，坛盖一开，满庭浓香，各路神仙品尝后都满意极了，王母娘娘也十分开心，封麻姑为女寿仙。

十、张天师降妖

东汉顺帝时张道陵创立道教,以符箓咒法治病除灾,扶危济困,被奉为天师。民间说:"五月五日午,天师骑艾虎。赤口上青天,百虫归地府。"端午节插菖蒲、艾蒿,兰汤(艾叶水)沐浴祛除瘟疫的风俗据说来自张天师。

传说在东汉末年,青城山住着一个山精,自称"青城魔君",经常祸害百姓,问百姓要酒要肉,抢钱抢粮,稍不如意就兴风作浪。

有人听说离青城山不远的鹤鸣山上住着张天师,是个得道高人,便去请他来降服山精。

张天师骑着白毛虎,提着太上老君亲授的七星降妖剑,带着弟子们就来到青城山寻找山精。山精得知张天师来了,吓得每天换一个住处,生怕被找到。但它暗中作怪,让自己的徒子徒孙下山施放瘟疫害人。

无奈,张天师只好暂停搜捕山精,先帮百姓祛病救命。

张天师先从每家病人那里征集稻米,每家只要一小把。没想到生病的人太多,稻米也越积越多,弟子们拿不过来了,张天师便让

张天师

年代：清代
产地：凤翔

张天师为汉代张道陵的封号，民间演变为镇邪妖之神。画面中张天师红脸、黑髯、三只眼，身着绿袍，袍上饰太极及八卦纹，骑虎，左手持宝剑，右手作法，使出"五雷火"以烧灭"五毒"（蝎、蛇、蟾蜍、蜈蚣、壁虎）。相传，天师第三只眼能观察到一切鬼魅的出没及活动。上额书写："天师宝剑带七星，捉拿人间怪妖精。上悬镇宅一口印，真言五雷把邪烘。有人请到家中去，斩妖除邪福禄增。"五月端午节时，已进入夏季，正是毒虫活跃的盛期，民间贴此画以避诸毒。此画构图丰满，气势浑然，色彩艳丽。

138

驱邪迎祥
年代：清代
产地：武强

弟子们把稻米运到他们暂住的山洞里。

稻米征集完后,张天师亲自上山采药,然后运用法力将药草熬制了三天三夜,制成了药水。张天师让弟子们用药水泡米,然后将这些药米再背回去还给百姓,病人吃过药米后,很快就会痊愈。

吃到药米的百姓渐渐康复了,山精却很不服气,它变化成一个美丽的女子,在天师弟子们往返送药米的路上蒙骗了一个弟子,将虫子幻化成米的样子混进药米。结果,很多病人吃药米后不仅没有康复,反而上吐下泻。

张天师掐指一算,明白了事情的原委,他施展法术挑出了药米中的虫子,也让弟子们更加警惕。

端午节这天,张天师在山民家中吃过晚饭后返回山洞,刚进山洞,便大吃一惊,原来山精趁他们外出时,带着徒子徒孙把自己的坐骑白毛虎杀死了,还偷走了降妖剑。张天师急忙在洞外扯了一把艾草,堆成兽型,念了几句咒语,艾草变成一只斑斓猛虎,再摘一片菖蒲叶,迎风一晃,就成了一口宝剑。

张天师骑着虎,拿着剑,很快就追上了逃跑中的山精。双方交战起来,一时间天昏地暗,蒲剑显灵,艾虎发威。三十多回合后,山精被打回原形,原来是一只修炼千年的放屁虫。

张天师刚要收服此精,放屁虫放了个臭屁,一阵恶臭袭来,挥袖掩鼻后再看,放屁虫已经钻入石缝不见了。张天师知道,这只山精已经失去了大部分的法力,很长时间都不敢出来捣乱了。

山精降服后,青城山天清气朗,山花吐艳。

第二年三月,张天师决定去远处云游,出发前,他交给弟子们一个玉盒,说一旦人间有难,就打开盒子。

　　端午节的前一个傍晚,山民们家家包着粽子,忽然漫天飞虫,遮天蔽日,地下各种爬虫、毛毛虫。原来是几年前逃跑的放屁虫又出来害人了。

　　弟子们赶紧打开玉盒,里面放着一把艾草一把菖蒲,而飞虫飞来飞去,都躲着这两种草。弟子们明白了,原来这是抵御虫患的良方,于是急忙采了艾草和菖蒲送给山民,由于半夜虫子太多,百姓门户紧闭,他们只好将艾草、菖蒲插在门上。插到谁家,谁家附近的虫子就跑光了。百姓们知道了这件事后,也都纷纷效仿。

　　后来一到端午节,家家户户都挂上艾草和菖蒲,用艾叶煮水洗澡,驱离毒虫,辟邪除灾。

十一、济公募化木材

济公,南宋得道高僧,法号道济,后人尊称为"济公活佛"。传说中,济公一身破帽、破扇、破鞋、垢衲衣,举止疯癫,不守戒律,嗜酒好肉,但学问渊博、扶危济困、除暴安良。

济公是南宋的一个高僧,他不拘法度,乐善好施,佯狂济世,老百姓称他为"济癫"。

相传在某一年,济公所在的净慈寺被一场大火烧光了,寺里两三百个和尚没处落脚,老方丈愁得成天长吁短叹。济公却嘻嘻哈哈,仍旧拖着破蒲鞋,摇着扇儿,跑前跑后。

老方丈很生气,对济公说:"寺院烧成这样了,你还在乐?"

济公说:"烧都烧了,难过有什么用呢?再盖新的啦。"

老方丈说:"盖座寺院,说得轻巧,要多少木材!去何处募化?"

济公听了哈哈大笑,说:"方丈不用愁,一切包在我身上。"

方丈说:"那好,重建寺庙的木头就交给你济癫了,你要是真有修为,就去化个善缘吧!"

八仙与济公

年代：清代

产地：佛山

　　画面刻画的九个人物并没有情节联系，这是一张艺人利用边角纸料生产的为其他工艺品预制的装饰件。

济公笑道:"从命,只是我现在饿得走不动了,您能不能先请我吃一顿饭?"

老方丈叹口气说:"只要你能化到木头,吃什么都行。"

济公说:"我要一坛老酒、两斤狗肉好了。"

这些原本是出家人严禁触碰的东西,但老方丈此时着急修庙,无奈只好答应了,差人下山给济公买来。济公一手酒,一手肉,大喝大嚼,等喝到醉醺醺的时候,就对老方丈说:"三天内,木头就到了。"

济公施展法术,一个筋斗翻到四川,来到一个地主家门口,进门后,介绍说自己来自杭州西湖净慈寺,想来募化一些木材盖寺院。

这个地主家里非常富有,但他的钱大多是通过搜刮别人得来的,所以济公想捉弄他一下。

地主问:"你要多少木头呢?"

济公敲着木鱼念道:"少不成,多不要,不多也不少,喏喏喏,袈裟盖,袈裟包,盖住包住就够了,就够了!"

这地主家里有整整一座山,山上长满了树。地主一看济公那件破袈裟,心想那也盖不了多少木头,就当积点德了,便痛快地答应了。

济公脱下袈裟,朝地主家那座山头抛去。袈裟随风长,随风大,一下子把整个山头都罩住了。地主大惊,但是许诺的话都说出去了,加上济公又有法力,他也不敢吱声了。

济公在山上砍了一百棵大树,把木材绑成了木筏,顺着长江水流到东海,再漂进钱塘江,运回杭州。济公坐在木筏上正要过关卡,却被收税的人拦住了。

济公说:"钱塘江又不是你家的,凭什么收税?"

守卡的说:"山是皇上的山,水是皇上的水,过水面的货都要收税。"

济公笑嘻嘻地问:"噢,水面上过要收税,那从水底过要不要收呢?"

守卡的乐了,说:"和尚,木头只会浮不能沉,你若有本事叫木头沉到水底过去,我就不收你的税!"

济公用双脚在木筏上用力一顿,"忽"的一下,连人带木筏一齐沉到江底去啦。

第三天晌午,老方丈正着急时,济公奔进寺中,大叫道:"木头到啦!"

老方丈急忙要出门看,哪有什么木头。济公一把拉住他,三脚两步奔到伙房前那口"醒心井"旁。嚯!有根又粗又大的木头,在水面上一冒一冒的,这下轰动了,和尚们赶紧搭好吊木架子。一根又一根,一根又一根,整整吊了两天两夜,一直吊到第九十九根大木头时,不知是哪个木匠说了声:"够啦!"井里的那根木头就停住,再也吊不动了。后来建净慈寺时,大家量来算去,就少这么一根正梁,看来济公估算的比木匠还准。

后来净慈寺的正梁,据说是济公用刨花和木屑捏成的,有点儿坑坑洼洼,跟别的寺院的正梁都不一样。

145

十二、钟馗的故事

旧时民间习俗,初在除夕,后来在端午节张贴"钟馗图"。民间将钟馗称为"判官"。唐玄宗梦到他,命画家吴道子绘他的画像挂在厅堂,以祛鬼除邪。后世"钟馗图"演化成门神图。

钟馗嫁妹

钟馗本来是终南山的一位习武之人,长得豹头环眼,满脸胡须,虎背熊腰,奇丑无比,一心想去考武状元。

钟馗自小失去父母,有一个聪慧而美丽的小妹相依为命。但钟馗不懂挣钱养家,兄妹俩时常忍饥挨饿。

邻居杜平隔三岔五过来赠银送粮,接济兄妹。

钟馗进京参加武举科考,在京城看到一个算卦的,钟馗写了一个"馗"字让卦师算算前程。

卦师说:"看这'馗'字,你今秋九月应试,必定名列榜首。但这首字被抛向一边,似有斩首之象,预示大祸临头。"

放榜之后,钟馗果然考了第一名,上了金銮殿,等着皇帝钦点

钟馗闹判
年代：清代
产地：小校场

相传钟馗专事驱除魑魅魍魉，把福气引归家堂，故民间多供奉钟馗。此图中，钟馗身边聚拢着五个面目狰狞的小鬼，或执扇，或拉琴，或拍板敲锣，或为钟馗倒酒。

状元。唐高祖一看钟馗的相貌，觉得有点丢大唐的颜面，不能选入前三甲，加上小人挑唆，钟馗殿试便落了选。钟馗绝望地走下金銮殿，他觉得自己颜面尽失，没法向父老乡亲交代，一时想不开，撞向殿前的石阶，把自己撞死了。

高祖听说后，心里很是自责，赐给钟馗绿袍，厚葬了他。

钟馗死后，在地府受到了阎王爷的赏识，被封为"罚恶司"的判官，专门处置作恶的坏鬼。虽然在阴间身居高位，但钟馗始终惦记自己的小妹，便托梦给杜平，把小妹的终生托付给他。

杜平在料理完钟馗的丧事后，日夜兼程回到了终南山下。他刚跨进家门，就听到门外锣鼓喧天，人喊马嘶，此时是子夜时分，怎么会突然这么热闹呢？

打开门一看，只见群鬼吹吹打打，又唱又跳，前呼后拥，鱼贯而入。杜平大吃一惊，这时看到钟馗喜气洋洋地穿着大红袍，扶着一顶花轿款款而来。

杜平见状，想起之前钟馗在梦中的托付，明白了事情的原委，也不再害怕了。他躬身上前，把钟馗及花轿迎进庭院。

钟馗揭开轿帘，扶出小妹说："我小妹能嫁与贤弟，也算了却为兄的一桩心事。望你们互敬互爱，厮守终身。"杜平和小妹相视而笑，请钟馗放心。

后来，杜平夫妇果然恩爱一世，两人无病无灾，据说都活到了一百二十岁。

钟馗嫁妹
年代：不详
产地：杨柳青

钟馗驱鬼

相传唐玄宗时,阴曹地府逃出来十个疟疾小鬼,到长安城祸害百姓,害死了好多人。钟馗带上驱魔神剑,领着五只玉蝙蝠来到长安城捉鬼。

钟馗很快就捉了九个疟疾小鬼,恢复了街市的繁华。

突然一只玉蝙蝠飞来告诉钟馗:"有一个漏网的疟疾小鬼,逃进皇宫了。"钟馗急忙冲进皇宫。

宫中,玄宗皇帝突然病倒,御医们诊断是患了疟疾,但束手无策,民间的各种医生来过也不管用。

迷迷糊糊中,玄宗梦见一个小鬼,一只脚打着赤脚,另一只脚穿着鞋,腰上还吊着一只鞋,别着一把竹扇子,下身穿了一条红布兜裤。小鬼偷走了杨贵妃的香袋和玄宗的玉笛,还在寝宫内奔跑嬉闹,拍拍玄宗的头,捏捏玄宗的鼻子,故意戏耍玄宗。玄宗翻身下床追了上去。

小鬼并不惊慌,绕着宫内柱子慢跑。还频频回头坏笑。玄宗气急败坏,怎么也追不上,累得他气喘吁吁,汗流浃背。

突然,空中降下一个巨鬼。那巨鬼威猛强健,相貌奇丑,头戴纱帽,身穿蓝袍,脚踏一双朝靴,大踏步直奔小鬼。

小鬼发现巨鬼,吓得一下子瘫软在地。巨鬼俯下身躯,抓住小鬼迅速吞进肚中。玄宗皇帝正感诧异,巨鬼过来抱拳向他奏道:"我是钟南县的进士钟馗。因为在武德年间参加殿试落第,无颜回去见

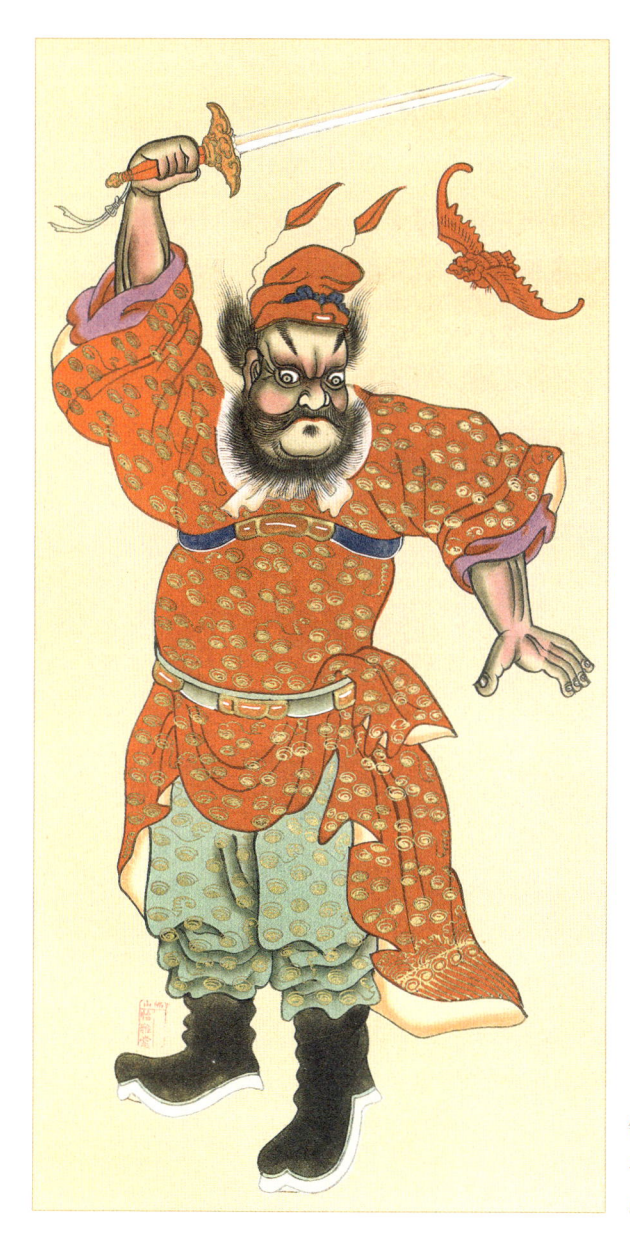

钟馗
年代：清代
产地：佛山

家乡父老，就撞死在殿前的石阶上。高祖听说后，赐我绿袍并厚葬我，臣铭刻在心，因此帮助圣上除去妖孽。"

玄宗皇帝一觉醒来，立时有了精神，病一下好了。他招来画师吴道子，向他讲了梦中之事。吴道子笑道："臣也梦见了巨鬼吃小鬼。"随后铺纸提笔，一挥而就。

玄宗皇帝一看，画中鬼王竟与梦中巨鬼丝毫不差，心里一高兴，便接过吴道子的画笔，写下了"钟馗捉鬼图"。随后昭告天下，让人们临摹此图以祛邪魅。后来民间纷纷效仿，沿袭成俗。

十三、沈万三的聚宝盆

沈万三是元末明初吴县人,家中排行老三。据说打鱼时偶然得到了聚宝盆的沈万三,从此成了富可敌国的财神爷。正月初五,许多人家都会张贴《沈万三聚宝盆》年画。有的人家过年时要供一碗糯米饭象征聚宝盆,里面插放干果、花枝、铜钱,祈求来年财多福大。从明代中期开始,江南百姓就把沈万三当成平民财神。

传说沈万三在从前没有富裕的时候,曾梦见有上百个青衣人向他求救。第二天,他在街头看见一个渔翁抓了上百只青蛙,要挑到集上去卖。青蛙"呱呱呱"阵阵惨叫,沈万三仿佛看到了它们被剥皮刀斩的惨状,又想起头天夜里梦到的青衣人,觉得可能就是这些青蛙向自己托梦了。沈万三想把这些青蛙都买下来放生。渔翁看他铁了心想买,就说了一个大价钱,沈万三咬咬牙,把身上所有的钱都拿出来,买下了青蛙,把它们拿到自己家旁边的一个池塘里放生了。

没想到,当天晚上,青蛙们一刻不停地叫了通宵,声音大得跟贴着人的耳朵叫一样,吵得沈万三根本没法睡觉。

沈万三聚宝盆

年代：不详

产地：杨柳青

相传，元末明初江南第一富豪沈万三，靠聚宝盆致富，从此，聚宝盆成为民间最热门的招财传说之一。此图中，聚宝盆装满金银珠宝，一童子于摇钱树上，不断把串串钱币投入盆中，寓意财源不断。

沈万三打鱼

年代：清代　产地：杨家埠

　　第二天一大早，天刚蒙蒙亮，沈万三就去池塘边，想赶走这些吵人的青蛙。他刚走到池塘边，青蛙们就不叫了，还排成了一个圈，圈中间有一个瓦盆。沈万三觉得很是奇怪，便拿着瓦盆回了家，心想用来洗手也挺好。

　　这洗手盆用了几天后，有一次沈万三的妻子无意中掉了一根银钗在盆里，银钗竟然一变十、十变百，变成了满满的一盆，数都数不过来。沈万三惊讶极了，再放个银钱进去一试，银钱也是很快就变成了满满一盆。很快，沈万三就富可敌国了。

　　明代洪武年间，朱元璋在南京修建皇城时，有一个城门的地基

大胆不轻民子山前妆皇帝是假成了出真龙

刘伯注在此山

常玉春 宋洪武 李文忠 胡代海

民子山
年代：清代
产地：潍县

洪武未家在山東父母一心上南京古佛寺裡生的

金钱虎
年代：清末
产地：桃花坞

出了问题，白天修多高，夜里塌多少，怎么也修不起来。朱元璋不相信，就派人去城门处看个究竟，发现工人也没偷懒，营造也按照标准来，城砖也很结实，都刻着制砖人的名字，不是施工和用料的问题啊？

朱元璋便找来天下第一谋士刘伯温询问，刘伯温掐指一算，说城墙地基处有一只怪兽，专门吃城墙下面的砖和土。

朱元璋听后半信半疑，问刘伯温，那有什么办法呢？刘伯温说："这只怪兽不好对付，如果强行把它赶走，它到别的地方也会祸害百姓。不过听说沈万三家里有个聚宝盆，这个聚宝盆放什么就会涨什么。只要把他的聚宝盆借来，埋在城墙地基下面，聚宝盆不停涨土，怪物吃多少，它就涨多少，这样地基就不会缺土了，也就稳了，城墙就能建起来。"

朱元璋听后很是赞叹，竟然还有这样的宝贝，于是命令刘伯温赶紧去借。

刘伯温说："借倒是容易，您是皇上，他不敢不借，但是自古以来都是有借有还，跟他说什么时候还呢？"

朱元璋眼珠转了转，说："三更去借，就说打五更时还。"

刘伯温说："埋在城门下，五更拿什么来还呢？"

朱元璋说："你只管派人去借，我自有办法。"

很快，官差到了沈万三家，宣读了皇帝的圣旨。沈万三也恭恭敬敬地把聚宝盆借了出去。但他心里还是有点不放心，毕竟这是一个难得的宝贝。结果他苦等一夜，一直到天大亮了也没听到五更的梆子声。他心里疑惑,出去寻找打更的人问话,才知道上当了。原来朱元璋下令,所有打更人从今以后不许在五更时打更了。

朱元璋派人把聚宝盆埋在城门下,城墙果然不再垮塌,终于顺利完工。因为这个城门下有聚宝盆,人们便把这个城门叫作"聚宝门",据说就是现在南京的"中华门"。

神奇动物

猛虎雄威住山林
咆哮如雷惊鬼神
始皇勒封山中獸
待守廣鎮樹寶盆

一、夕　兽

相传在很久以前，有一只叫"夕"的怪兽，这只怪兽每年腊月三十日都会跑到人间来，大肆祸害百姓。

人们拿这只怪兽没有办法，所以每到腊月底，都只好整理好行李和食物，扶老携幼，跑到附近的竹林里躲起来。

这一年又到了腊月下旬，村里的人们在收拾东西准备逃走。有一位老婆婆看一个小孩子倒在路边，忙上去救他。原来这个孩子孤苦伶仃，一路乞讨，走到这里饿晕了。

老婆婆给这孩子找了一些好吃的，并让他和自己一起上山躲避怪兽。这个聪明的孩子便与老婆婆一起，跟着村子里的人来到了村后的竹林里。

寒冬腊月，竹林里冷气逼人，大家冷得纷纷伐竹盖棚、烧火取暖。这个孩子就好奇地问大家："我们这个竹林离村子那么近，大家就不怕'夕'会来到这里吗？"

有位老人回答他说："我小时候就随乡亲们来这里躲避"夕"，雪很大的那几年因为它饿极了也追来过，可是它每次都看到乡亲们在这竹林里伐竹就匆匆忙忙地走了。"

紫微高照

年代：清代

产地：绵竹

　　此图绘紫微星化作一力士降服猛兽貔貅的故事。紫微星为三垣（即太微垣、紫微垣、天市垣）之一。紫微又被道教列为四御之一，称中天紫微北极太皇大帝。道教谓他协助玉皇执掌天经地纬、日月星辰和四时气候，因而受到历代帝王的祭祀。紫微高照象征驱邪避凶、迎福祈祥的意思。

164

这个孩子想了想,对大家说:"我有办法赶走这头怪兽,大家从今以后不用每到腊月里就逃出来了。"

　　大家听后都非常惊讶,纷纷问该怎么办? 这个孩子告诉大家:"我以前听过一些关于这只怪兽的事,也知道它害怕什么。大家多砍一些竹节带着,今夜全村人都回家,在各家的门外挂一块红布,等到明天天亮之后,'夕'就再也不会来了。"

　　乡亲们半信半疑地听着这个孩子的话,他们想天气实在太冷了,并且夕兽也不一定会到自己这个村子来,所以决定相信这个孩子的话,大家各自回了自己的家。

　　很快入夜了,村民们由于害怕"夕"会来,没有人敢睡觉,除了在自家的门外悬挂了红布之外,还拿了许多白天砍好的竹节。那个孩子和几个胆子大的,守在村子中间的空地上,点起了火堆取暖……子夜时分,人们忽然听到一声震天的巨吼,大家恐惧地缩做一团。

　　那个孩子站起来告诉大家说:"我去把夕兽引来,然后大家就往火堆里扔我们守了一夜的碎竹节。"说完就往夕兽吼叫的方向跑去。

　　收养他的老婆婆怕他有危险,想伸手去拽他,可这个孩子一溜烟儿已经来到了村口。孩子看到夕兽正在往村里硬闯,破坏了很多东西,便大声地叫道:"你每年都来,害得大家不能安居乐业,今天我一定要给你点厉害!"

　　"夕"听到孩子的叫声,便追进村来,可是它看到家家门墙都

165

紫微高照

年代：民国　产地：绵竹

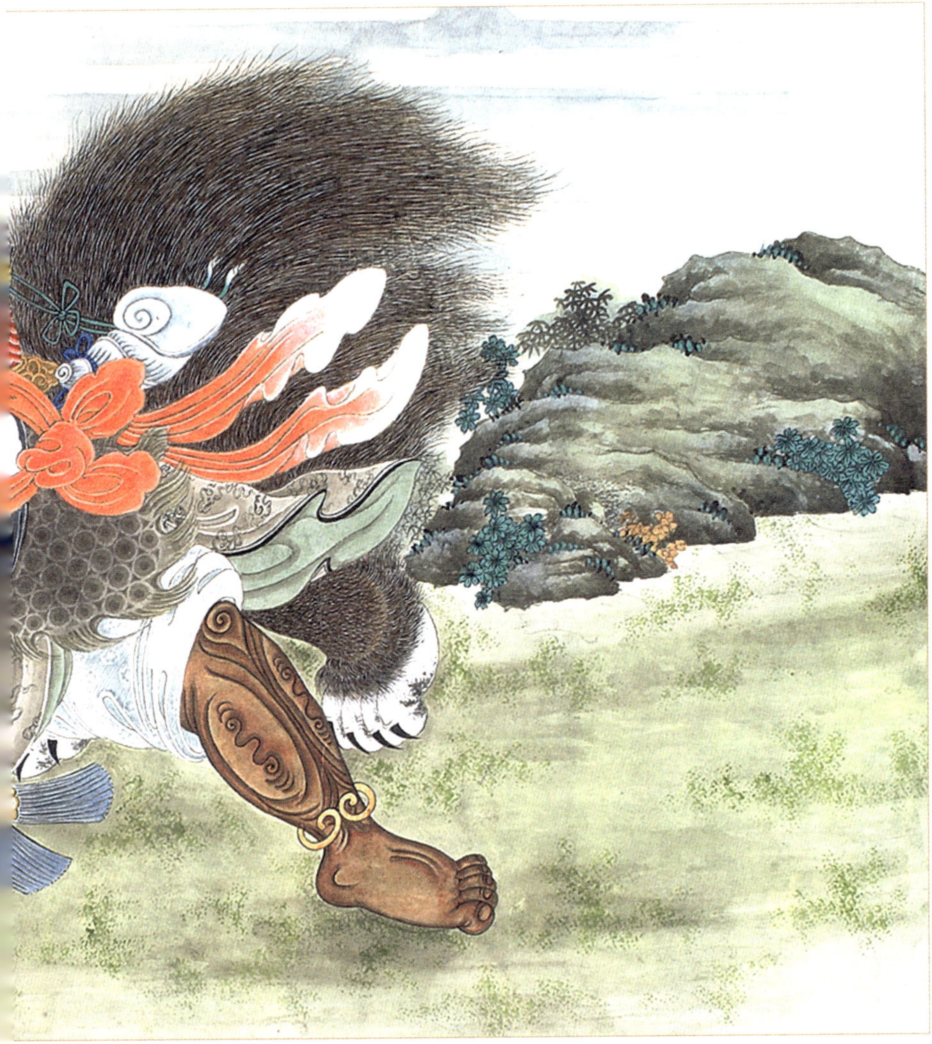

大过新年

年代：民国

产地：杨家埠

挂着红红的布条，就没敢进，只好循着孩子的声音，来到了村中央的空地这里。这时孩子大声地说："乡亲们，往火里扔碎竹节啊！"大家太害怕了，早已经站在那里僵住了，听到孩子的声音后瞬间反应过来，纷纷往火里扔起了竹节。

由于竹节刚砍下来不久，湿湿的竹节遇到旺火纷纷爆裂，噼里啪啦地响了起来！"夕"听到这响声惊慌失措，竟然吓得掉头鼠窜。

为了纪念这次胜利，以后每到冬天的这个时间，家家户户都贴红纸对联在门上，点灯笼，敲锣打鼓，燃放鞭炮烟花；夜里，通宵守夜，把腊月三十晚上叫作"除夕"；第二天一大早，人们会出门互相祝贺道喜，说一些吉祥话。

大家非常感谢那个孩子，知道这个聪明勇敢的孩子叫作"年"，于是人们便把正月初一开始的这个节日叫作"年"，并且一代一代地流传了下来。也有人说，这个叫"年"的孩子，可能是天上的神仙"紫微星"。

二、老鼠嫁女

老鼠嫁女是广为流传的中国民间传说，讲的是老鼠为自己女儿选女婿的故事。民间有"初三老鼠娶新娘"的说法，这一天，人们得给老鼠备一点米和花生，早点熄灯，别打搅老鼠娶亲。老鼠嫁到猫家，猫吃老鼠，粮食就保住了。

老鼠家的女儿到了出嫁的年龄。一天，老鼠娘和老鼠女儿在一起喊喊喳喳地商量嫁人的事。老鼠娘问女儿愿意嫁给谁。

老鼠女儿说："哪个有本事，就嫁哪个。"

老鼠娘和老鼠爹说了女儿的意愿，两口子想了想，世界上太阳的本事最大，有生命的东西都离不开它。于是，老鼠爹就去同太阳说："我的女儿说要嫁给世界上最有本事的，我想，世界上你的本事最好，我把她嫁给你。"

太阳说："不不，世界上还有比我更厉害的。我最怕云，云一来，就把我的光线遮住了，你还是找云去吧。"

老鼠爹听了，又跑去找云。云说："世界上风的本事比我更大，风一来我便飘飘忽忽，它稍用力一吹，我便无影无踪了。你还是把

老鼠嫁女
年代：清代
产地：绵竹

老鼠在正月里娶亲的传说各地都有，但故事情节各有不同。其中一个故事是：老鼠欲将女儿嫁一有权势者，想到太阳最高，但太阳可被云所掩、云可被风吹散、风怕高墙、墙怕老鼠钻洞、老鼠怕猫，最后决定以猫为女婿。于是，老鼠吹吹打打送女儿出嫁，结果被猫吞食。

171

老鼠娶亲
年代：清末
产地：新绛

　　此故事流传很广，众说不一。绛州传说是腊月二十五傍晚，老鼠娶亲时，各家各户不宜在家，更不宜打扰。民间曰："若得罪一时，它可害你一年。"使你家宅不能安宁。于是人们有意避之，悄悄到街头静坐一时许才回家。现在有些老年人还这样做，图个吉利。画面表现的是，娶亲队伍返至半路，遇上花猫，一口咬去了鸣炮之鼠。鼠婿发现，急扬鞭打猫。未发现者依然吹打行走。画面既红火热闹，又悲喜交加，是一幅耐人寻味的风俗画。

你的女儿嫁给风吧。"

老鼠爹又去找风。风说："我的天啊,我还算得上有什么本事的吗? 最有本事的是墙。有墙挡在前面,我根本没有办法吹过去。"

老鼠爹又急急忙忙地去找墙,对墙说："我想把我的女儿嫁给太阳,但太阳怕云,云怕风,风怕你,我女儿就嫁给你吧。"

墙哈哈大笑,说："我哪算有本事的? 我也有许多怕的东西,最怕的就是你们老鼠。老鼠一来,在我身上打洞做窝,把我弄得一身窟窿,我一点办法也没有。"

两个老人一商量,原来我们老鼠的本事这么大啊! 可是我们老鼠又怕谁呢? 对了! 自古以来老鼠怕猫! 于是,老鼠夫妇找到了花猫,坚持要将女儿嫁给花猫。花猫哈哈大笑,满口答应了下来。

在迎娶的那天,老鼠们用最隆重的仪式送女儿出嫁。又偷了一只小孩的虎头鞋充花轿,把女儿送至猫窝。结果老鼠嫁女,嫁到猫公的肚子里。

三、牛王爷

我国古代以农立国,供奉牛王,希图保佑耕牛健壮不染瘟疫,秦代已有祭牛神风俗。《玉匣记》称农历七月二十五日为牛王诞辰,人们焚香设供礼祭祀。春节时农民也将牛王像供于牛栏屋棚。

相传,自盘古开天辟地、女娲造人之后,玉皇大帝便开始治理天庭与人间。

有一天,玉帝招来了一位天宫里的神仙牛王爷,对他说:"天庭已有法度,人间却还乱着。凡人们穿得邋遢,不成体统。你去一趟人间,给凡人立下规矩:让他们一日之内务必做到三打扮,一吃饭,让凡人也像仙人一样好看。"

牛王爷说:"好,我记住了,一日之内三打扮,一吃饭。"

玉帝说:"快去快回,人间光鲜亮丽之后,回来向我禀报。"

牛王爷领了旨,兴冲冲地驾上祥云飘落人间,放眼一望,男女老少都在开荒种地,打猎砍柴,个个面黄肌瘦,精疲力竭。牛王便动了恻隐之心,这样贫苦的人,饭都吃不饱,怎么还能让他们把心思都用在打扮上呢?

牛王

年代：民国
产地：朱仙镇

牛神之信仰可能源于史前动物和图腾崇拜，后来演变为神。秦代已有祭牛神风俗。后相沿成习。《玉匣记》谓农历七月二十五日为牛王诞辰，人们设香花礼供祭祀。春节时农民亦将牛王像供于牛栏。此牛王像戴王冠，捧圭端坐，状貌庄肃，旁有侍者，前面有黑黄耕牛二头。全画以黄绿朱三色套印，颇为古朴明快。

春牛驮来千倍利　喜象引进四方财
年代：清末　产地：武强

春牛駝來千倍利頭喜象引進四方財

春牛
拜象封侯
宋三代
五穀豐收
慶太平
耕地

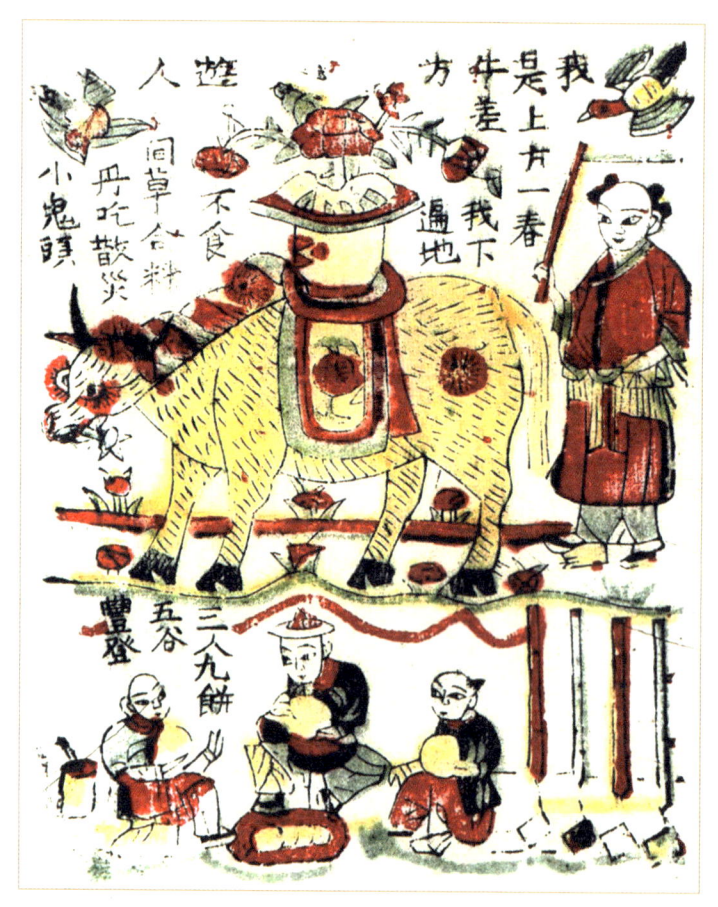

春牛图

年代：清末　**产地**：绛州

　　《春牛图》中芒神为儿童。芒神的年龄、着装及站位都有寓意。儿童代表辰戌丑未年，壮年代表子午卯酉年，老年代表寅申巳亥年。芒神站在牛身中间，表示立春日是在正月初一的前5天和后5天这10天之内；芒神站在牛前，表示立春是在正月初一的前5天之前；芒神站在牛后，表示立春是在正月初一的5天之后。

　　芒神穿鞋与光脚表示当年雨水的大小。芒神不穿鞋且卷着裤管，代表当年雨水大。芒神双脚穿鞋，代表当年雨水小，芒神一脚穿鞋一脚不穿代表当年不旱不涝。

新绘春牛拉车
年代：当代
产地：武强

牛王对还在人间的神明传令说:"玉帝有令,命你们速给人间立规矩:一日之内,三吃饭,一打扮。"牛王悄悄改了玉帝的旨意,从此人间每天就吃三顿饭了。

牛王爷心眼儿实在,回宫后老老实实地说自己传错了圣旨。玉帝大怒,把牛王爷骂得狗血喷头:"三言两语你都能颠倒!"

牛王听完了玉帝的一通臭骂,说:"玉帝息怒,微臣见凡人个个饿得骨瘦如柴,累得精疲力竭,就可怜起他们,我这么传旨,也是让他们知道您的圣明和仁德呵。"

"好你个牛头!原来你是故意颠倒!"玉帝更加怒不可遏,他也听不进牛王的解释,在凌霄宝殿上下令:"今因牛王私违天章,假传圣旨,欺天犯上,罪不可赦。罚他拔光牙齿,打入天牢,断食七七四十九天。"

文臣武将们齐刷刷跪在御前,为牛王求情。玉帝看看众人,不好再发怒,便口气转缓地说:"看在众卿面上,那就将其下齿留着,只拔上齿。谁再求情,与他同罪。"

御前的另一位神仙马王爷,平日和牛王爷交情不错。马王爷知道牛王爷平日饭量大,担心他饿坏了,便趁着深夜溜进天牢,让牛王爷张大嘴巴,他把一大桶饭食直接倒进了牛王肚里,便赶快走了。

马王爷走后,牛王爷这才又将肚里的饭食缓缓地翻吐上来,用下牙齿对着上牙龈,细嚼慢咽起来。

七七四十九天过后,牛王爷被带到玉帝面前。玉帝问:"牛头,你可知罪?"牛王爷圆睁双眼,鼻喘粗气,对玉帝说:"我宁肯到凡间耕田挨鞭，也不想再为你效力了！"

"你还嘴硬！那好，就如你所愿！"玉帝大怒道。他下令收了牛王爷的神力，让他不能直立行走，又给牛王的鼻孔里横穿了一根鼻楦，以制服他的犟劲和牛脾气。随后便让人把他轰到南天门外，到人间为凡人耕地拉货。

牛王流下了两道清泪，但他没法说话了，"哞，哞——"地叫了两声。这时，马王爷实在忍不住了，他跪求玉帝大发慈悲，饶恕牛王爷。

不料，玉帝更加恼火，指着马王爷骂道："马王你长着几只眼，竟敢为这头犟牛求情？你既敢为他求情，就该与他同罪。来人！将牛头与马面一起逐出天界！"

从此，人间便有了牛和马这两种善良、隐忍，并且对人类特别有帮助的动物。为了回报当年牛王爷和马王爷对人间的恩情，人们也一直很爱护它们。

四、猛虎图

老虎是百兽之王,是威猛的象征,是镇宅辟邪的灵物,民间称《猛虎图》为"守门虎"。此画一般贴于宅院后门。

相传在古代某个时期,朝廷昏庸,官府腐败,恶霸和盗贼横行,搞得民不聊生。老百姓整日提着心过日子。家里哪怕只有二斗米也得东掖西藏,不敢放在明处,这日子过得真糟心呀!

且说武强城南王家庄,有位名叫王小儿的画匠,画什么像什么,就跟真的一样。他最拿手的画要算花鸟虫鱼了。他画鸟,遇风能展翅;画鱼,遇水能摆尾。可是遇到这荒乱年头,人们都紧衣缩食地过日子,哪有心思买画贴?因此,王小儿的卖画生意很不景气,家里缺柴少米,没法过活,只好靠给财主打短工混日子。

一天晚上,王小儿做了一个奇怪的梦,梦见有一个白胡子老头儿进了他的小屋,对他说了八个字:"进山画虎,为民造福。"

这下王小儿心里可犯开了嘀咕:说不定这老人是位神仙,既然仙家这样托梦给我,一定有些奥妙。他反复琢磨这事儿,渐渐醒过梦来:"这老虎本是兽中之王,恶人歹人都怕它,要是画张老虎往

泰山神虎
年代:清代
产地:武强

一神虎守护聚宝盆,上有"泰山神虎"印信一方,并配有诗文:"猛虎雄威住山林,咆哮如雷惊鬼神。始皇敕封山中兽,待守广镇树宝盆。"

上一挂，说不定那明匪暗盗都会给吓住哩。"

于是，王小儿找出多日不用的笔墨纸砚，按照自己的想法，画了一张大老虎。不知为啥，他越看越觉得这老虎没神气，没威风。让邻居们一看，大家都说："这哪里是老虎哇，像只大花狸猫。"

王小儿有些泄气。他又琢磨白胡子老头儿讲的那八个字，王小儿心里一亮，原来老仙人是要他到深山里去找真老虎，练好画虎的技艺。

这一天早上起来，王小儿把家里仅剩的三升红高粱面，掺上野菜做成饼，带上干粮和笔墨纸砚朝西北方向出发了。

王小儿在路上走了一天又一天，也不知过了多少村，住过多少店，脚起了泡，带的干粮吃光了，他还是往前走。一路上半是卖画，半是乞讨，一直朝着西北方向走去。

一天，王小儿终于看见山了。等进了山，看见了山里奇形怪状的大石头和姿态万千的山峰。在平原上长大的王小儿，真像进了另一个世界。山里葱郁的大树和山腰挂着的瀑布，让王小儿越看越爱。他渴了就喝口山涧里清亮的溪水，饿了就采些山上的野果子吃。夜晚，他爬上一棵大树伏枝而眠，到了白天就继续在山里走啊、转啊，悄悄寻找老虎。可惜一连几天也没见过虎的影子，王小儿又有点泄气了。

一天，他正在山间走着，忽然看见树下的小路上走来一位衣衫破烂的老头儿，老头儿走着走着，忽然一个跟头栽倒在草丛里。王小儿过去一看，见老头不像受伤的样子，心想，老头儿一人在这荒山野岭，没准是饿昏了，他想找些野果子给老人充饥，正在这时，就听"嗷——"的一声吼叫，王小儿抬头一看，只见一只斑斓猛虎带着一股风向这里扑来，不由得吓出一身冷汗。王小儿转身刚想要爬上一棵大树，可一见躺在草丛里喘粗气的老头儿，又反身回来，抄起一块大石头，准备和老虎拼命。

那猛虎一眨眼工夫就到了王小儿跟前，将两只前爪在地上按了按，两只铜铃般的大眼睛放出了凶光，钢针样粗细的虎须，张着虎口，露出了尖刀般的虎牙，扑了过来。王小儿反而不再害怕，举起大石头猛地向虎砸去，老虎身子真够灵活，半空中将身子一扭，躲开了王小儿投过来的石头。它更加凶猛，大吼一声，虎尾横扫，如果被扫上，少说也得筋断骨折。幸好王小儿脚下一绊，摔了个仰面朝天，才没被虎尾打上。老虎见没扫着躺在地上的王小儿，腰胯一掀，又腾空向王小儿扑来。

王小儿心想自己估计是要没命了，所幸把眼睛紧紧闭上。忽听身后有人大喝："孽畜，休得无礼！"等王小儿睁开眼睛一看，就见那猛虎前腿腾空，后腿着地，呈现张牙舞爪的样子，却停在那里一动不动了，像尊雕像。王小儿回头一看，说话的正是刚才那昏迷不醒的老头儿，只见那老头儿胡子、眉毛、头发都是雪白雪白的。

王小儿猛然醒悟，这不是梦中指点我的那位神仙吗？连忙上前躬身行礼。说："多谢仙人救命之恩！"老头儿将他扶起，哈哈笑道："你能临危不惧，拼死救别人的性命，看来我没看错人。我乃上天司画之神，特来为你传授画技，你不是想来学画虎吗？你看

镇宅神虎

年代：清中期　产地：新绛

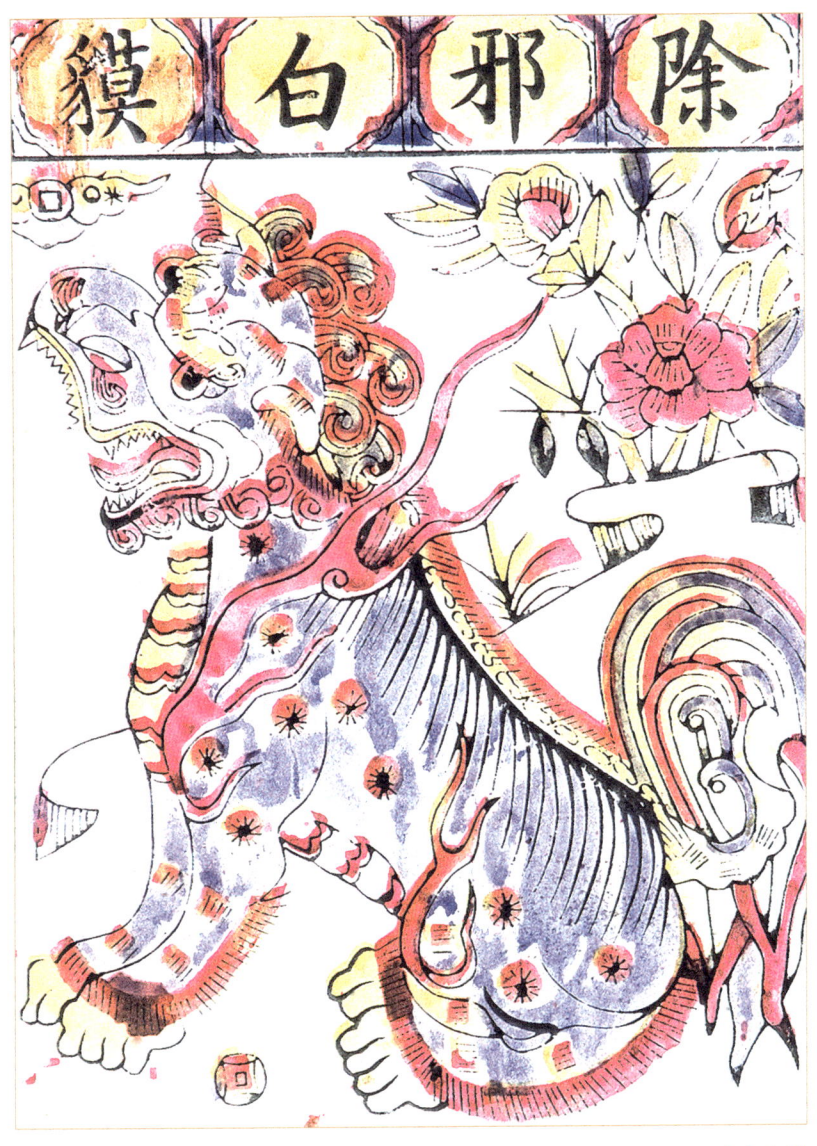

除邪白貘

这只猛虎有多威风，你就照着这个样子画吧！"

王小儿说："请仙人指点作画诀窍。"画神对王小儿说道："作画并无妙诀，要铁棒磨绣针，功到自然成。从今日起，你苦练九九八十一天，每天画一只老虎。八十一天后，有强盗从后山经过时，你画的猛虎若能降服这些强盗，你的功夫就算练成了。"画神说罢在王小儿的头顶上拍了一下，王小儿眼睛一闭，再睁眼看时，那位画神早已无影无踪了。

王小儿被画神拍了头顶后，觉得眼明心亮，自知是受了画神的点化，不由暗自高兴。于是他就按画神的吩咐，在山里专心练习画虎。当画到八十一天头儿上的时候，忽然从深山里飞来一只金色翅膀的老鹰，"嗖"的一声落在路边那只老虎的头上，在老虎的头顶心啄了一嘴，那老虎像是刚醒了的样子，摇了摇尾巴一溜烟地跑回深山去了。王小儿正在吃惊，再看那老鹰叼起自己画的那八十一张《猛虎图》向后山飞去，王小儿在后穷追不舍。

他绕过九道梁，爬过九道坡，踏过九根独木桥，豁出性命紧紧追赶。追到后山，老鹰已不知去向，王小儿气喘吁吁，正想休息一下，忽听见一阵惊天动地的虎叫，一群猛虎迎面奔来，仔细一数，正好是八十一只，自己心里明白，这是自己画的那些虎已经显灵了。又一眨眼，见一群凶神恶煞般的强盗，个个拿着刀枪，王小儿又数了数，也是八十一个，见老虎来了，掉头便跑。老虎大显神威，将盗贼们一个个吞掉，而后个个回过头来朝王小儿摇头摆尾。

王小儿见自己的画显了灵，高兴极了，眼泪止不住地往下淌，等他再看那猛虎时,全都没了踪影。只见一张张《猛虎图》飘落在眼前。这时,天色已晚,王小儿说声:"感谢仙师栽培,徒弟我拜辞了。"便带着《猛虎图》踏上了回家的路途。

一路上,王小儿把《猛虎图》分别送给沿途遇上的穷苦百姓。说也怪,凡是贴了《猛虎图》的人家都能逢凶化吉、平平安安。打这以后,一首单道这《猛虎图》的歌谣在民间流传开了:"老虎本是兽中王,深山密林把身藏。有朝一日把山下,单吃恶霸黑心狼。"

五、兔儿爷

明代《帝京景物略》记载说,八月十五那天市场上卖月光纸,绘有坐在莲花中的月光菩萨。华下月轮桂殿,有个像人一样站立的兔子握着杵,用臼捣药。小纸有三寸,大的过丈,制作精美的看起来金碧缤纷。各家中设月光位,在月出方向,向着月亮的方向拜放祭品并拜月。

北京人从明朝开始就在中秋节供兔儿爷。为什么呢?据说是因为兔儿爷对北京有恩。

传说古时候有一年夏天,北京城闹瘟疫,苍蝇满天,垃圾遍地。城里死了不少人,顺天府请了很多医生也没用,从五月闹到了七月。

顺天府尹亲自到城隍庙上香,烧了一份"通天符"给哪吒。哪吒去通报玉皇大帝,可玉皇大帝正在睡觉,谁也不敢打扰,急得哪吒直转悠。

嫦娥知道了,对身边的玉兔说:"咱们用桂花捣药就为了治病,如今京城闹了疫,你捣的药正好有了用处,你下凡去救人吧。"

于是玉兔抱着捣药罐就离开了广寒宫。路过南天门时,哪吒把它叫住,问它下凡干什么。玉兔说:"我奉嫦娥之命去治病。"哪吒

月光神

年代：清代
产地：新绛

明代《帝京景物略》记载，农历八月十五日北京市场卖月光纸，满绘月亮图像，跌坐在莲花上的是月光遍照菩萨。莲花下有月轮桂殿，有只兔子立着用杵在药臼中捣药。小的纸三寸，大的过丈。精美的金碧缤纷。居民院中设月光位，在月出方向，摆放供品，拜月。

说:"太好了！只是你不穿衣服怎么在人间行走？这样吧，我是天将总领使，我下个令，你可以随便跟天将借铠甲、借坐骑。"玉兔借到了衣服，就穿着将军服、披着元帅氅、足蹬状元靴、骑着一只猛虎向人间奔去。

这一天正值京城庆贺皇帝大寿，各个军营的头领在将军率领下，在月光胡同内的魁星楼向皇帝牌位行礼，忽见天上有一个身披红袍的大耳将军骑着虎，从云中缓缓而下，在场的人都惊呆了。大耳将军到东四牌楼落地后就不见了踪影，有人说大耳将军去了隆福寺。

众人又寻到隆福寺，再寻到关帝庙，都未见踪影。忽然闻到庙前水井内飘出桂花香味，庙东的药铺从后门取出水桶给大家打水，井水十分清香。有染瘟疫的，喝了这井水后，立即神清气爽，病症全消。

此事很快传遍全城，大家纷纷来打水喝，很快瘟疫就止住了。人们说是天上玉兔下凡来施药，以至被人编成歌谣："四牌楼南，四牌楼北，四牌楼底下喝凉水。"

很多人都去问见过大耳将军下凡的人，兔儿爷长什么样子？每个人说的都不一样，除了大长耳朵一样外，说什么衣服的都有。有两位在太庙当差的人，一位姓讷、一位姓塔，他们用太庙的黄土制成兔儿爷出售，很受百姓欢迎，也传入了宫廷。

后来，郊区就地取黄土制兔儿爷，也得到市民认可，销量越来越大，式样越来越多。每年八月十五前，京城摆放的各种兔儿爷堆码成山，十分壮观。北京人说兔儿爷那么受宠，是因为大家相信一善破万恶，还有人说，他和哪吒都是金光洞太乙真人的徒儿，都是守护北京的真神。

  过去老北京供兔儿爷，除了瓜果点心外，还要有一把连枝带叶的鲜毛豆，连皇宫里都不例外，据说这是月宫中的玉兔最爱吃的。和毛豆一起上供的，还有成根的藕，据说是给玉兔吃完毛豆后剔牙用的。

六、龙的故事（二则）

秃尾巴老李

相传在很早很早以前，在山东的某座山脚下有一户姓李的人家。这儿山连山、水连水、沟接沟、岭接岭，是个有风水的好地方，人们就在这片土地上盖起了房子安了家。

李家夫妻为人忠厚又很勤快，小日子过得一天比一天好，一天比一天富裕。可单有一样事不称心，结婚二十年，他们还没有孩子。夫妻两人经常念叨，不管丫头小子，有个孩子就好啊。这一年，李大嫂还真有喜了，肚子一天比一天大。别人是十月怀胎，一朝分娩，李大嫂怀胎十一个月也没见孩子的面。

怀了孩子不出生，倒也不耽误吃，也不耽误喝，甚至不耽误干活儿，那就硬等着吧。一晃怀孕快两年了，可把这两口子急坏了。有一天，天空中电闪雷鸣，大雨像瓢泼的一样。李大嫂肚子疼得厉害，看样子是要生孩子了。李大哥想赶紧冒雨去请接生婆，但是已经来不及了。

这时候李大嫂把"孩子"生下来了，仔细一看，竟然是一条小龙！李大哥急得眼睛都红了，他以为这是一个怪物，害怕怪物伤害

龙王
年代：清代
产地：新绛

妻子，便冲进厨房拿来菜刀就向小龙砍去。一刀下去，小龙跑了，只留下一段尾巴。李大嫂从惊恐中缓过神来，她觉得不太对。那条小龙没有恶意，那不是怪物，而是自己的儿子啊。但是事已至此，小龙已被赶走了，尾巴还秃了，不知道何时才能相见。

　　小龙是五月初五端午节出生的，儿的生日是娘的苦日，母子连心。此后每年的五月节，即使是大晴天，这片山里也会突然间飞沙走石，狂风大作吹来一朵黑云彩直奔李大哥家来，随着这朵黑云偶尔还会带来一阵大冰雹。有胆子大的人说他看见过，从黑云中飞出一条没有尾巴的大龙，冲着李大哥家门口望，要是看到李大哥在家，就点点头飞走了，要是不在家，他就落在房梁上看看他妈妈。一来二去的，大伙儿都知道这条龙是李大嫂生的，又被他爹砍掉了尾巴，就叫他秃尾巴老李。

　　为啥他回来时要躲着李大哥呢？因为怕他爹砍他。原来自从那天李大哥砍掉他的尾巴后，他就一口气往北飞，躲进了大山深处。他法力高强，又心地善良，很同情穷苦的老百姓，只要看到有欺压百姓的人或者怪兽，他就出马把他们赶跑。

　　他在一条大江中打败了一只欺负过路渔船的恶龟，又在平原上空打败了一条兴风作浪的白龙。很长一段时间，这一带春夏秋冬，风调雨顺，五谷丰登，从此四方百姓再不用乞讨要饭了，都过上安居乐业的生活。

　　但是秃尾巴老李每次回来探母，就会把天上的寒气带下来，下一阵冰雹。一下冰雹，人们就会冲天上喊："秃尾巴老李收了神通

井泉龙王
年代：民国　产地：安阳

吧！秃尾巴老李收了神通吧！"有人还会把菜刀扔出门外，因为他爹爹当初用菜刀砍过他，他怕菜刀。当他一走开，雹子就下不了。

过了一段时间，秃尾巴老李明白了，原来不是人们不欢迎他，而是自己的法力会带给人伤害，于是就再也不往回带寒气了，而是轻轻地来回，带回和风细雨，家乡人也年年过上了丰衣足食的日子。

秃尾巴老李的故事至今仍然流传着，据说在海上打鱼的人，偶尔还能看到老李为他们保驾护航呢。

二月二龙抬头

二月二龙抬头，指农历二月二日这一天，又称春耕节，是中国民间传统节日。"龙"指的是二十八宿中的东方苍龙七宿星象，这一天"龙角星"从东方地平线上升起，故称"龙抬头"。古人认为是龙掌管着降雨，决定收成。"龙抬头"标示着阳气生发，雨水增多。这一天人们祈求风调雨顺、谷物丰收。

龙王是民间信仰的神祇之一，在人间司风管雨，很多地方都有龙王庙。大龙王有四位，掌管四方之海，称四海龙王。

相传有一年，人间的皇帝荒淫无道，天上的玉皇大帝很愤怒，便传命太白金星给四海龙王传旨，三年内不得降雨人间，要狠狠惩戒一下人间。

当年从立夏到寒露，好多天都没下雨，大地干得四处冒烟，庄

独角龙水淹泗州城
年代：清代　**产地**：北京

年画取材于清代《升仙传》第七回。青鱼精打不过济小塘，便请淮河逆水潭中的独角龙来帮忙。独角龙也打不过小塘，便回淮河作法水淹泗州城。

眼看城墙外水漫城头，小塘心急如焚，幸好吕祖派柳树精来降服了孽龙，最后把独角龙投入枯井。图中独角龙头顶着独角，率领虾兵、蟹将、鼋帅、蚌精等施法作浪。济小塘手持宝剑率众人与龙斗法，柳树精驾云用葫芦喷出火雷。作品形象生动，色彩鲜明。

稼旱死，许多地方连吃水都困难，哀鸿遍野，民不聊生。

种种人间惨象，被掌管天河的玉龙看在眼里，心里难受，他冒着违抗天条的危险，张开巨口，喝足天河之水，私自降雨，解救了天下黎民百姓，却招来了玉帝的恼怒。玉帝将玉龙打入凡间，压在一座大山之下受苦。山前还立了一座石碑，上面刻有四句话："玉龙行雨犯天规，应受人间千秋罪。若想重上凌霄殿，除非金豆开花时。"

人们经过这里，看了碑上的这些字，才知道玉龙为救百姓行雨，却被压在这里受苦。为了救出玉龙重上云天，再掌天河，人们决心找到开花的金豆，但却苦苦寻找不到。

找啊，找啊，直找到第二年的农历二月初一，恰好街上有集，一个老奶奶背着一布袋苞米粒赶集，因布袋口没扎结实，走着走着布袋开了，金黄的苞米粒撒了一地。

人们看了，高兴极了，这苞米粒多像金豆呀！如果放在锅里炒，不就爆出金花了吗？于是，一传十，十传百，全都知道了。大家商定，第二天二月初二所有人一齐行动，大家都来爆苞米花。

玉龙看见了这么多人在爆米花，好不欢喜，就大声喊道："太白老头儿，金豆开花了，还不快放我出去。"太白金星本来便同情玉龙，他往人间看了看，果然是遍地金豆开花，便将压在玉龙身上的大山移开，玉龙顺势一跃腾空，再降甘霖。

从此以后民间形成了习惯，每到二月二这一天，人们就爆玉米花，也有人炒豆。大人小孩还念着："二月二，龙抬头，大仓满，小仓流。"有的地方在院子里用灶灰撒成一个个大圆圈，将五谷杂粮放于中间，称作"囤"或"填仓"。意思是预祝秋天五谷丰登，仓囤盈满。

七、白蛇传

传说四川峨眉山的一个山洞里，住着一条修炼了千年的白蛇和一条修炼了八百年的青蛇。她们虽是蛇精，却心地善良，从不和人作对。

一天，白蛇和青蛇耐不住洞中的寂寞，瞒着师父黎山老母变作两位美丽的姑娘，一个叫白娘子，一个叫小青，来到人间天堂——杭州游玩。

两人正在西湖断桥边看荷花，忽然间乌云密布，电闪雷鸣一场，倾盆大雨眼看就要泼下来。白娘子和小青既没带伞，又不便在众人眼皮底下变化，正着急间，一位老实的后生走上来说："两位小娘子用我的伞吧。"两人感谢不尽，约好明天到宅上还伞。

第二天，白娘子和小青按后生留下的地址找到钱塘门，才知后生姓许名仙，父母双亡，寄住在姐姐家，现在一家药店当伙计。白娘子见许仙忠厚老实，心地善良，有意和他结为夫妻。许仙当然打心眼里高兴，当时便由小青撮合，二人结为夫妻。

许仙成家后搬出姐姐家，和白娘子在西湖边开了一家药店。由

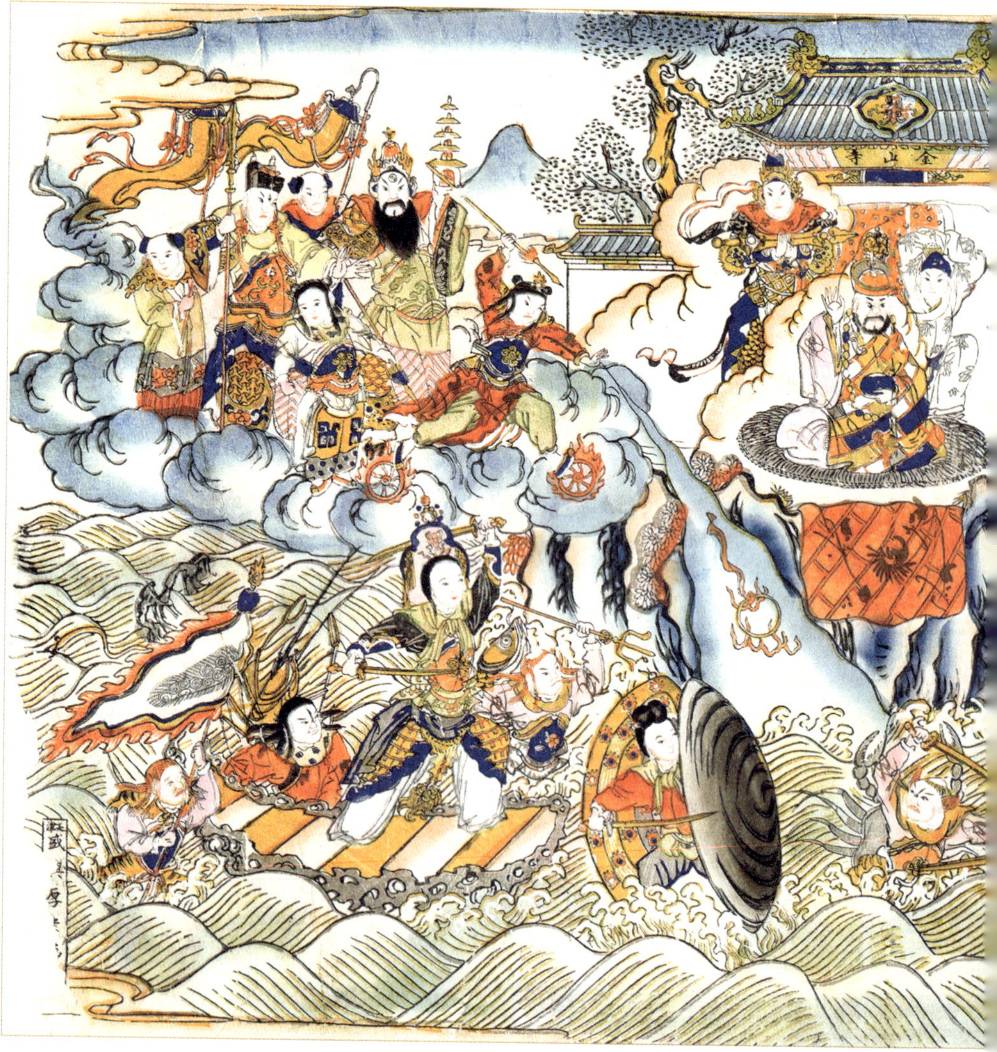
金山寺

金山寺
年代：清末
产地：杨柳青

取材于民间传说《白蛇传》。许仙到金山寺上香，被法海扣留。白素贞和小青到金山寺求法海放人，法海不允。白素贞聚集水族，水漫金山。法海召来天兵天将，与之相抗。白素贞因有身孕，体力不支，败下阵来。

于许仙人缘好,手脚勤快,白娘子又神通广大,什么草药都找得到,他们的药店生意越来越红火。

一天,许仙正在柜台里做生意,门外进来一个化缘的和尚,那和尚一见许仙,忙说:"阿弥陀佛,贫僧是镇江金山寺住持法海。今见施主面带妖气,想必家有妖怪?"

许仙大吃一惊,说:"家中只有妻子和一个丫鬟,哪来的妖怪?"

"既然如此,"法海道,"可能你那妻子就是妖怪。你先不要声张,等端午节时引她喝下一杯雄黄酒,一切便知。日后有事可到金山寺找我。"

端午节那天,白娘子在丈夫的劝说下勉强喝了一口雄黄酒,马上感觉头昏眼花,忙叫小青扶她回房休息。隔了好一会儿,许仙不见白娘子动静,进房掀帐一看,只见一条水桶粗的白蛇横在床上,浑身冒着酒气。许仙当场吓得"哎呀"一声,仰面跌倒在地,死了过去。

许仙的惊叫唤醒了白蛇。她道行很深,马上又变成了人形。看见许仙被她吓死了,白娘子慌了手脚,手忙脚乱地和小青一起把许仙抬上床,说:"妹妹,我只有上灵山盗来灵芝草,才能救活官人。"小青忙阻拦道:"姐姐,你现在已有身孕,这一去凶多吉少哇!""管不了那么多了。我去了!"说罢,白娘子驾起云头,直奔灵山。

守护灵芝草的灵山鹿兄鹤弟可不是省油的灯。他俩仗剑拦住已盗得仙草的白娘子,三人战在一处。白娘子无心恋战,只求尽快脱身离去,加上自己已有身孕,功力大打折扣,斗了几十个回合,早已是脸红心跳,披头散发。但为了救丈夫的命,她还是发狠苦斗。

"住手!"随着一声断喝,只见山主南极仙翁缓缓走上前来。白娘子自知理亏,赶忙上前拜见。南极仙翁一声长叹:"你尘缘未了,该此一劫。快快去吧。"白娘子大喜,拜了三拜,一阵风似的赶了回来。

吃了灵芝草,不一会儿,许仙就慢慢睁开眼睛。白娘子长嘘一口气。许仙一见白娘子,吃惊地喊道:"你……你……"白娘子连忙安慰他:"官人,刚才你看见的白蛇已被我杀死了。我扶你去看看。"许仙看见一条水桶粗的白蛇被杀死在院里,将信将疑。

一天,许仙假托要到镇江金山寺还愿,就一个人动身找法海去了。法海一见许仙便说:"施主,你脸上的妖气更重了。"许仙十分疑惑:"可我的妻子和常人并没什么两样啊?"法海道:"那是她道行深的原因。施主放心,不出一个月,老僧定会将她捉住镇在宝塔下面,叫她永远不能再迷惑人。"

许仙一听这话,想起妻子的万般好处,平时对自己可是温柔体贴,忙说:"老法师,谢谢你的好意。不管你怎么说,我都不相信我妻子是妖怪。今后我们夫妻俩的事,不必你烦心了。"说着便要离开。法海让徒弟拦住许仙,说:"施主现在不能走,否则你会越陷越深。"硬是把许仙留在了金山寺。

过了几天,白娘子见丈夫还没回家,心中不安,便和小青一起到镇江金山寺来寻许仙。法海手持金钵,拦住二人道:"大胆妖怪,竟敢寻上门来。真是天堂有路你不走,地狱无门你偏来。"一旁的小

白蛇传

年代：清代　产地：武强

端陽節　　　　　　　白蛇現形

斬蛇去疑　　　　　盜靈芝草

玉生合畫店

許仙診脈　　　盜屍銀

飲雄黃酒　　　開藥舖

玉生合畫店

青圆睁双眼喝道:"老秃驴,快把我姐夫放出来万事皆休,否则踏平你这鬼寺!"法海一听火冒三丈,大红袈裟一飘,舞动禅杖,和小青斗在了一起。

白娘子因道行不及法海,又有孕在身,忙拔下金钗,迎风一晃,转眼滔滔江水汹涌而来,把金山寺团团围住。一群虾兵蟹将舞刀弄棒,杀上金山寺。

法海大吃一惊,慌忙脱下袈裟,向空中一甩,罩住金山寺。结果洪水涨高一尺,金山寺就升高一尺,总是淹不掉。双方相持了好几个时辰,最后白娘子只好退掉洪水,返回杭州。

白娘子水漫金山这一举动,使许仙终于明白妻子并非人类。说来奇怪,许仙这时反倒踏实了,觉得妻子比许多人更可爱可贵。

一天,他乘法海不注意,偷偷跑出金山寺,赶回杭州。白娘子不在家,于是,他赶到他们第一次见面的断桥,却看见白娘子和小青正坐在一条船上准备离去。

小青一见许仙,劈头就问:"你还有脸来?你怎么不带秃驴一道来捉我们?"白娘子也说:"官人,你我夫妻一场,你总知道我的为人……"说着说着,眼泪忍不住流了下来。

许仙非常难受,诚恳地说:"娘子,是我一时糊涂,我对不住你。"于是三人和好如初,一同回家。

几个月后,白娘子生下一个白白胖胖的儿子,全家都高兴得合不拢嘴。满月这天,许仙正高高兴兴地大办宴席,谁知法海又手持金钵上了门。

许仙忙说:"老法师,我妻子是人是妖,是好是坏,我比谁都清楚。但我敬她,她爱我,家庭和睦。请你不要再破坏我们的幸福了。"

法海道:"阿弥陀佛,施主。不管她如何变化,她总是蛇精,是蛇精就一定会害人。老僧这是为你好。"说着便闯进门来,悬起金钵,对准白娘子罩来。可怜白娘子正在坐月子,无力反抗。小青正要冲过来与法海拼命,白娘子急忙喊:"小青快逃!他不敢杀我。你不是他的对手,等练好本领再来救我。快走!"金钵罩住了白娘子,法海把她压到西湖边的雷峰塔下,自己也在西湖边的净慈寺住下来,看守着雷峰塔。

小青逃回峨眉山,苦练十八年后,信心百倍地来净慈寺找法海报仇。二人大战了几十个回合,法海毕竟年纪大了,只有招架之功,哪有还手之力。小青越战越勇,忽见她手起剑落,削向附近的雷峰塔。只听轰隆隆一阵巨响,雷峰塔倒了下来,白娘子又恢复了人形,上来夹攻法海。

法海慌不择路,一个金蝉脱壳,跳进西湖,躲到一只螃蟹的硬壳里。据说至今人们还能在螃蟹壳里,看到缩成一团的老法海哩。

许仙和白娘子、小青又见面了,还带来了已长成英俊小伙儿的儿子。一家人紧紧地抱在一起,流下了幸福的泪水。

八、金马驹

各地民间都有马能带来福气的传说。

从前,有家人种了几十亩地,日子却过得不怎么富裕,种粮的收入当年就用光了。不巧又赶上一连三年大旱,庄稼颗粒无收,本来指望种庄稼过日子的这个家庭,粮食快吃光了,眼瞅着要挨饿了。这时候,人心散了,每个人都有各自的心眼儿,甚至有人想分家。

老当家的看到这光景,心里很难过,可也没有什么招儿。他想自个儿年岁大了,没能耐把全家人的心拢在一块儿,要找个新当家的来接替他。叫谁当这个家呢?这一天,老当家的故意把一把扫帚横放在房门口,自己躲在一旁看。大儿子过来了一抬脚,横跨过那把扫帚,理也没理;二儿子过来了,一抬脚,横跨过那把扫帚,理也没理。老当家的看到了这些,喘了口粗气:"唉!横在家门口的扫帚都不知道捡起来,这俩都不是当家立业的材料啊。"

这时,刚嫁过来不久的三儿媳远远走过来了。她看到扫帚后,顺手就把扫帚拿起来,把地上的垃圾打扫了,之后还把扫帚放在了门后。

老当家的看到这儿拿定主意,这个新当家的,非三儿媳妇不可。他把全家人都召唤到一块儿,对大伙儿说:"我年岁大了,得找个新当家的,这个新当家的,就是三儿媳妇。"

三儿媳妇吓了一跳,连忙说:"爹,儿媳妇过门儿不到一个月,咱家的地皮儿还没有踩遍,怎能当家呢?"老当家的说:"我说你行,你就行!"

这时,家里的老老少少也都窃窃私语起来。都说这么个大家,刚过门儿的新媳妇怎么能当家呢?

三媳妇又说:"咱家老辈儿有爷、奶、公、婆,平辈儿有哥、嫂、姐、妹,我小小的年纪当家,怕众人不服。"老当家的听了,对全家人说:"家有家法,有我在,谁要是不服,施行家法。"大伙儿听了,也不敢说什么了。

三儿媳妇想了一会儿,才答应说:"有爹做主,我就当一年试试。"

新媳妇当家头一天儿,就对全家人说:"老话说,父子协力山成玉,兄弟同心土变金。咱们全家人心得往一块儿捆,劲儿得往一块儿使。眼下第一要紧的是度过粮荒。"她定下了三条规矩:第一条,多种十亩菜地;第二条,多养猪;第三条,不论男女老少,出门回来都得抓一把土,放在大门旁边。

谁也不知道新媳妇的葫芦里装的什么药,可是家规严,没有一个敢吱声的,都照新当家的话去干。十亩菜地种上了,猪也养起来了,出门回来的人都抓一把土放在大门旁边。

过了些日子,菜地里各式各样的菜长得很旺盛,吃也吃不了。新当家的说把吃不了的菜喂猪。又过了些日子,圈里的猪肥了,新当家的说杀一口猪,今天咱们吃肉。大伙儿一听杀猪,都乐了,不

日行千里夜走八百
年代：清末
产地：朱仙镇

此画为对画，一同印绘，可裁开使用。画中人手持大吉牌，骑着"日行千里，夜走八百"的骏马，表示很快将大吉大利送到。

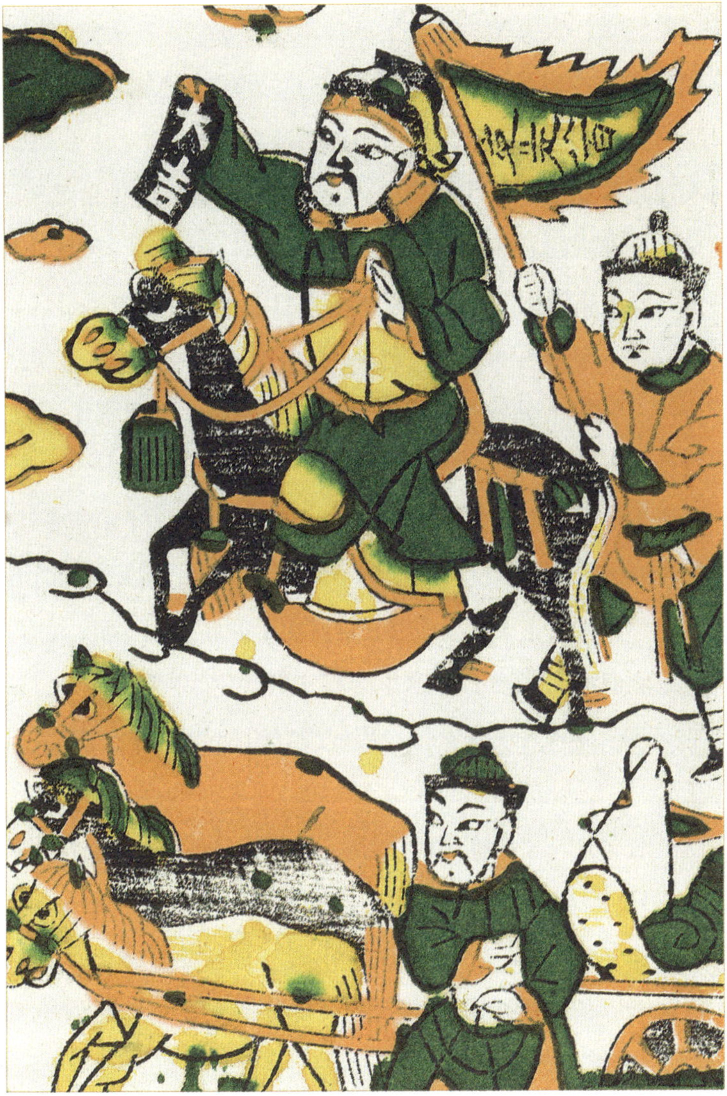
大吉

过年不过节，这个饥荒年代，竟然能吃到猪肉啦！

一头肥猪，大家美美地吃了一顿，还没吃完。新媳妇叫把剩下的猪肉腌起来，说是不能一顿儿都吃了，得细水长流。有了油水，她又吩咐大家到菜地里收菜，一天包两顿素馅包子吃。

大家这才明白，三儿媳妇种菜、养猪，是为了度过粮荒。度过了粮荒，全家人的心才能齐，日子才能过好。不用说，大伙儿抓回来的土，是垫猪圈用的。新当家的不光想了当年，还想了日后。

往后，一个月杀一口猪，包菜包子吃，粮一半儿菜一半儿，度过了荒年。全家人见新媳妇有心计，都佩服她，心捆到了一块儿，日子过得越来越好。

再说大伙儿一把一把抓回来的土，堆在大门旁，土堆越来越大，见风长，成了座小山。这一天，来了两个外乡人，看见那堆小山一样的大土堆，就说要买，愿意出五百两银子。新媳妇一听，心里想，一堆土还能值那么多银子？这里必有玄机。

她把两个外乡人请到家里，用好酒好饭招待，晚上安置在客房里休息。

二更时分，三儿媳妇悄手蹑脚地来到客房窗下，把耳朵贴在窗纸上听两个外乡人说话。其中一个说："你疯了，花五百两银子买那么个土堆！"另一个说："你懂什么？那土堆里藏着个金马驹儿。""金马？怎么能抓住它？""到三更时分，用箕装着草料，围着土堆左转三圈右转三圈，一边转一边撒草料，连叫三声'金马驹快回家'，金马驹就出来了，给它戴上红线绳做的笼头，它就跑不了了。"

黑马灶

年代：清代　产地：绛州

快马加鞭
年代：清代
产地：凤翔

　　新媳妇把这些话听得一字不漏，赶紧回到自己屋里，用红线编了个牲口笼头，再到草栏子里撮了一簸箕草，加上料。到三更时分，拿着簸箕到土堆旁边，围土堆左转三圈右转三圈，一边转一边撒草料，连叫三声："金马驹儿快回家！"第三声刚落，"哗——！"大土堆开了个口子，"咴——"的一声，跑出来个金马驹。新媳妇连忙给金马驹儿戴上红线绳笼头，牵回了家。

　　两个外乡人睡到半夜，听到响声，急忙爬起来，跑到土堆旁边一看，一圈撒满了草料，土堆当间儿出了个大豁口，知道金马驹儿叫人带走了，二话没说，连夜走了。

　　而这家人有了金马驹，从此好运连连，日子越来越富裕了。

九、公正的神羊

"三阳开泰"来自《易经》,古人认为正月的卦象是泰卦,三根阳爻在下面,象征一年中阳气上升,万物复苏。引申为过年时的吉祥祝福。古人用"羊"来给"阳"谐音,把"三阳"写成"三羊",用三只羊的年画来表达新年吉祥。羊还是正义的象征。战国时期,秦国、楚国的法官和狱吏都穿独角神羊图案的冠服,以示公正。后世把独角羊绘在官服上,象征公正。

传说尧帝、舜帝、大禹时期,洪洞县汾河段东侧的周府村,是尧的行宫。尧帝的两个女儿娥皇和女英都生在这儿,因母亲奶水不足,所以要在村里找一只奶羊。奶羊产了三只小羊,其中一只为独角,不吃青草只吃荆棘,经常出没周边村庄,遇有小孩打架和村民争议,即用独角去顶理亏的一方。

这头羊的神奇传到了尧帝的耳朵里,尧帝便带着皋陶(gāo yáo)等大臣去探查。到了周府村,见到了这只羊,全身长着浓密黝黑的毛,双目明亮有神,头上长一只角,它好像能听懂人话,懂人性。

218

三羊开泰

年代：清末
产地：杨柳青

"三阳开泰"，因"阳"与"羊"谐音，又常作"三羊开泰"，为中国传统吉祥语。出自《易经》，以正月为泰卦，三阳生于下，表示冬去春来，万物兴旺。此画绘雪景，河水冰冻，有小童赶来三只羊，喻示春天将至。

三阳开泰
年代：不详
产地：杨柳青

三阳开泰
年代：清代
产地：杨家埠

突然，羊大吼一声，怒目圆睁，气势汹汹地朝一名官员扑去，然后用头上的角死死地抵住他。

只听那名官员惨叫一声，一屁股跌在地上，喘不上气来。

官员们都害怕了，纷纷四散跑开。尧帝也吓了一跳，平时羊也就是顶一下人，怎么今天伤起人来了？

这时，皋陶大声说："大家不要怕，这是一只神羊，名叫'獬豸'。它能辨善恶，只攻击有罪的人。"

原来，神羊攻击的官叫孔壬，他之前暴虐一方，干扰大禹治水。大禹将他缉拿押解到尧都，向尧帝建议把孔壬流放到幽州，但尧帝希望孔壬改过自新，依旧让他做官。孔壬仍不悔改，他利用权力继续为非作歹，祸害百姓。今天獬豸显露神明，替朝廷除害，替百姓除害了。

大家听了皋陶的解释，纷纷对神羊另眼相看。

尧帝说獬豸能辨是非曲直，能识善恶忠奸，今日得此羊，是万民之福。随后命这头羊随皋陶断案。从此周府村改名为羊獬村。平阳府志记载说，洪洞县的羊獬古墟，相传尧帝时神羊就长在这里。

皋陶一直管理司法事务，有了神羊的帮助，一直断案如神，公正不阿，从没有放过一个坏人，也没有错怪一个好人。

皋陶也一直善待獬豸，起居都和它在一起，与这头羊像朋友一样相处。有皋陶和神羊在，百姓们都很安心。

十、华山的猴子

大家都知道,花果山的猴子名气很大,其实在很久以前,华山的猴子更顽劣,什么都抢,真正称得上是"大胆泼猴"。传说明代万历年以前,华山的猴子经常溜进道士的洞中翻箱倒柜,搞得盆破碗碎,弄得人毫无办法。

有人铸了几个铁猴像供起来,乞求"猴王"管一管它的子孙,谁知猴子根本不理睬,它们蹲在石头上翻着白眼看道士敲木鱼念经,还会拱手,扭着头看看你跑开。

一天,祖师洞内木鱼声敲得乱七八糟,道士进去察看,原来有几只猴子在里边,把那道袍横拖倒拽地披在身上,站在蒲团上,一只手扒住经案,一只手拿槌敲木鱼,还有个猴蹲在经案上看它敲。它们见了人,急忙往洞外跑,那个披道袍的猴子竟被道袍给裹住了,越急越跑不脱,连头也被蒙住啦。道士又好气又好笑,按住道袍里的猴子,数落一顿放走了。

猴子还把《道藏》经偷出来,《道藏》经是一长卷反复折叠的经册,拿着一头就能抖开。猴子们拿着经卷在山上放起了风筝。

这些猴子,完全不知这《道藏》经的贵重。道士们看见猴子拿

224

花果山猴王开操
年代：清末
产地：桃花坞

孙悟空神通广大，玉帝开始封为"弼马温"。孙悟空发觉职位低下后大怒，一路打到天门，回到花果山。画面上众猴于水帘洞前操练武艺，孙悟空坐于阅兵台上，竖起"齐天大圣"旌旗。故事见《西游记》。

挂印封侯
年代：清代
产地：杨家埠

猴子抢帽
年代：清末
产地：绛州

《道藏》经"放风筝",急得叫苦不迭。他们动员青柯坪上下所有道人,爬崖攀壁把能收回来的经册都收了回来,把藏经楼门锁好。全山道士开会商量如何对付猴子。那时华山各庙虽是一家一户地过生活,但也有个管事机构,叫"道会司"。

华山道士们把猴子告到道会司,华阴县道会司道官被这张状子给难住了,对待猴子既不能讲道理,又不能请县太爷派差役去捉拿。他便去找当地有名的王法师,请他帮忙治一治这些猴子。王法师说:"让我设个坛,做个法事,把猴子赶走。"

王法师来到青柯坪,就在灵官殿设下坛场,用朱砂写了一道给灵官神的奏文,便开坛作法。说来果然灵验,当天夜里只听满山皮鞭响,群猴吱吱叫,到第二天早上成群结队的猴子,有扶着的,有牵着的,有抱着的,有背着的,好像舍不得华山似的,一步三回头,往狮子岭上爬去。

王法师看着这些猴子怪可怜的,一时慈悲起来,心想:我得送它们去个好地方。他忙念个咒语,喝道:"你等猴头静听,此去西南千里之外即到四川境内,那里天气温和,四季山果不断,你等可以永享快乐,不能祸害百姓。"

猴子们听了,好像懂了,急急忙忙翻越狮子岭往峨眉山方向去了。华山从此很多年都没有猴子啦。

十一、神鸟金鸡

南朝人在《荆楚岁时记》中记载，贴鸡画，或悬挂五彩雕刻及土鸡在门上，能挡百鬼入宅。鸡既是镇宅神，又谐音"吉"，寓意大吉大利。古人期待辟邪驱灾，降福纳祥。旧俗每逢谷雨节气，人们都要把《神鸡》贴在门上，画面有雄鸡衔虫，爪下有只大蝎子，咒文是：谷雨三月中，蝎子逞威风。神鸡鹐（qiān）一嘴，毒虫化为水。

相传尧帝定都平阳后，天下风调雨顺，五谷丰登，和周围国家相处友好。各国使臣经常到平阳去拜见尧帝，互赠礼品。

一日，羲仲来禀报，说祇（zhī）支国的使臣来进贡了。尧帝说，快快有请。殿上，尧帝看见了使臣进贡的鸟，长相跟一只雄鸡一样，但因为路途遥远颠簸，鸟的羽毛几乎掉光了，两只翅膀光秃秃的，十分难看。尧帝便问使者："为何要送我一只鸡？"

使臣说："您主政几十年，贤明和节俭的名声远播四海。我王特命我带来一只神鸟，略表敬意。"

神鸟站在笼子里，使臣把笼门一开，它便钻了出来，抖抖翅膀一声长鸣，声震长空。声音婉转悠扬，清脆悦耳。再看那鸟，身上

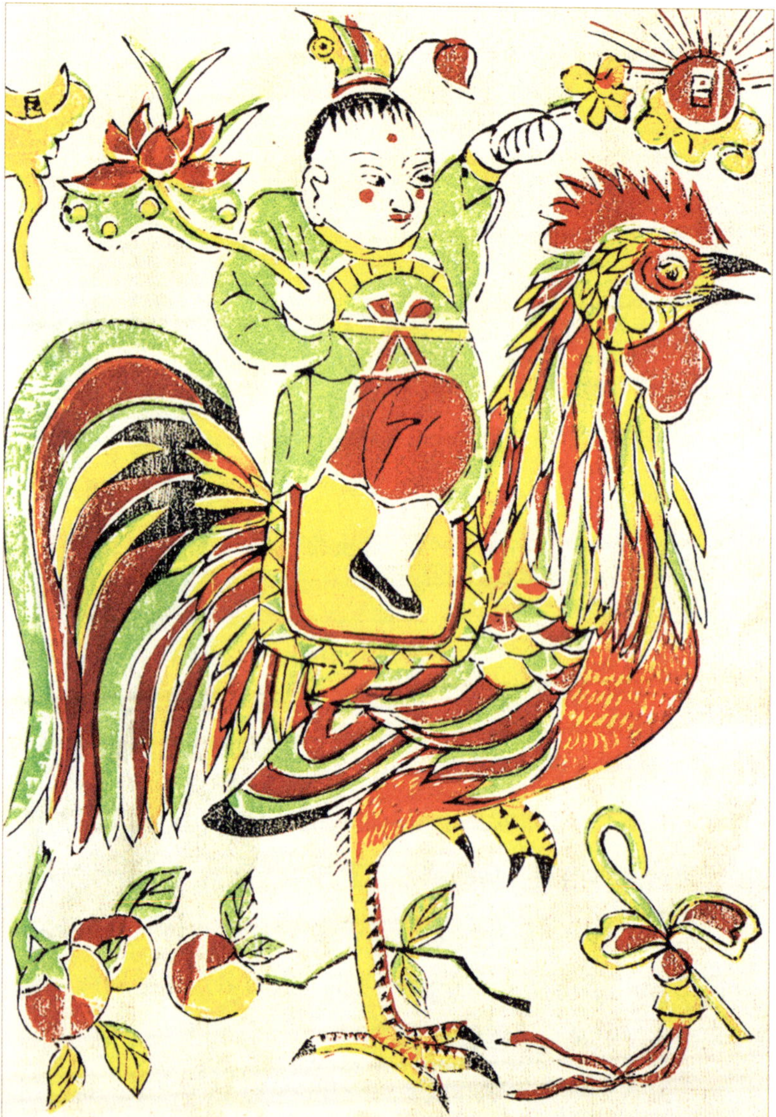

童子送吉

年代：清代

产地：临汾

俗称"金鸡独立"，由娃娃与金鸡、橘子、如意、莲花、太阳等组合而成。"鸡"寓意"吉"，"橘"也寓意"吉"，太阳代表天上，仙童给人们送来吉祥、幸福、如意等美好祝福。

鸡王镇宅　金鸡报晓
年代：清末
产地：桃花坞

233

竟然长出了亮黄的羽毛,鲜蓝的长尾,头上是大红的鸡冠,特别漂亮威武。

使臣说:"请您看看它的眼睛。"

大家一看,奇怪呀,怎么这鸟每只眼里有两个眼珠?

使臣说:"此鸟叫作重明鸟。它能一飞冲天,可和凤凰对唱,可掠杀恶鸟猛兽,是一只非常难得的神鸟,因此我们才作为宝物献给陛下。"

正说着,重明鸟扇动翅膀飞出殿外和尧帝和众臣跟了出来。鸟落在梧桐树上,引颈长鸣,天地间回荡着天籁般的妙音。台阶上的侍卫,忽然看见空中有无数鸱鸮急急逃向北方的荒漠。

声音未落,飞来一只金凤凰,两鸟相逢,鼓翅对舞,梧桐树上流光溢彩,长空中歌声悠扬。众臣都听傻了,欣喜万分,唯有尧帝皱起眉头,对使臣说:"这么好的神鸟,理应为万民效劳,我怎么能独占呢?"

尧帝不愿收礼,请使臣带回去。使臣跪地不起,说:"陛下为众生播谷种,驯六畜,大旱年头,又亲凿水井,拯救苍生。我王是诚心诚意感谢您啊。"

尧帝听了好生为难,想了想,收下神鸟,又重赏了使臣。

使臣一走,尧帝便告诉大臣:"这般神鸟,不能养在宫中,不如放出去,为天下百姓除害灭祸吧。"

大臣们听命放了那神鸟。神鸟展翅飞天,翱翔一周,又飞回来落在梧桐树上。如此往返,每日多次。周围百姓纷纷说,神鸟来了之后，豺狼虎豹没了踪影，蝎子、蜈蚣这些小害虫也不见了，神鸟真是镇国保家啊！

又过了几天，神鸟在梧桐树上长鸣了好一阵，展翅高飞，终于不再出现。众人才明白，那声长鸣是和大家道别呀。

神鸟飞走后，子民怕恶兽毒虫祸害再来，于是画出它的模样，贴在门上，就是"金鸡镇宅"这张年画。

十二、天狗吞月

天狗,是中国古代神话传说中的一种神兽。据《山海经·西山经》记载,天狗形状像狸猫,头部为白色,可以辟邪。天狗食月是一则古老的民间传说,说天狗一口就可以把月亮吞食,天上人间一片黑暗。这是古人对"月食"这一天文现象的简称。

相传天狗活在阴山上,长得很像狸猫,但是有着白色的脑袋。跟凡间的狗一样,它也可以抵御外来的威胁。

天狗是谁呢?它为什么要吞吃日月呢?

相传古时候有一位叫作目连的公子,为人善良又特别孝顺母亲。

目连曾遇见过一位苦行僧,将这名僧人带回家中供奉斋饭。苦行僧吃完斋饭后,便向目连展示了分身术,目连身边顿时出现了一圈的苦行僧。目连惊呆了。随后苦行僧便微笑着消失了。

从此,目连更加诚心向佛,不时为家乡寺庙中的僧人提供斋饭。目连虽然为人孝顺,但他的母亲却生性暴戾,爱做坏事。有一天目连的母亲心血来潮,想出了一个坏主意,她想:和尚们念佛食素,

张仙射天狗
年代：清末
产地：桃花坞

张仙是传说中的护婴之神。图绘他手执弹弓，仰头对天，放弓射杀"天狗"，周围有一群欢乐的孩童。

我去捉弄一下他们，让他们开荤吃狗肉。

于是目连的母亲便做了三百六十个狗肉馒头，说是素馒头施给寺庙中的僧人吃。目连知道母亲的想法后，赶忙前往寺院通知方丈。来到了寺庙的目连，为了掩盖母亲所做的坏事，便用提前准备好的素馒头偷偷替换了狗肉馒头。

随后众僧人便吃下了目连替换的素馒头。当时目连的母亲以为这些和尚吃了自己送的狗肉馒头，便拍手大笑说："今天和尚们开荤啦，吃了狗肉馒头啦。"方丈见状便双手合十口念道："阿弥陀佛，罪过罪过。"

方丈得知事情经过后，便命寺中僧人将狗肉馒头埋在了寺院的地里。

目连母亲的所作所为，被天庭玉帝得知。玉帝震怒，命人将目连母亲打入十八层地狱，变成一只狗。目连是个孝子，得知母亲被打入地狱后非常痛苦。日夜修炼佛法，终于获得神通，打开了地狱之门救出了母亲。

地狱之门一开，许多恶鬼也跑出来了。

目连母亲化成狗后逃出地狱，因为痛恨玉帝，便想去天庭找玉帝算账，她就飞到天上，成为一只天狗，可她在天上怎么也找不到玉帝，就去追赶太阳和月亮，想将它们吞掉，让天上和人间都出乱子。

这只天狗没日没夜地追呀追！她追到月亮，就将月亮一口吞下去，追到太阳，就将太阳一口吞下去。不过这只天狗最怕锣鼓、

天狗
年代：清代
产地：云南

燃放爆竹，锣鼓和鞭炮一响，它就会把吞下的太阳和月亮吐出来。太阳、月亮获救后，又日月齐辉，重新运行。

过段时间，天狗听见没人敲锣放鞭炮了，就又追赶上去，这样一次又一次重复，就形成了天上捉摸不定的日食和月食。民间就叫"天狗吃太阳""天狗吃月亮"。每逢日食、月食时，不少地方还流传着敲锣击鼓、燃放爆竹来赶跑天狗的传说。

十三、小河里的金猪

据说在早年间,天津郊外有一个小村子,村子旁边有一条小河,它连通南运河,河上有座石桥,河里长满莲花,有不少小鱼小虾在里面嬉戏。这条小河很神奇,外面不论多么浑浊的水,只要一流进这条小河,就立刻变得清澈见底。

这是什么缘故呢?听当地老人说是和石桥底下的一个宝物有关。

据说有一年,刚过了端午节,石桥附近的河边来了一位头戴草帽、身穿大褂的中年男人。这人围着石桥转了五六圈儿,瞪着眼瞧了两三个小时,然后又悄悄走了。

转天清晨四五点钟,距离石桥不远的一家豆腐店刚开门营业,这个男人就上门来了。他不买豆腐,而是买做豆腐剩下的豆腐渣,并且一买就买了好多。

一连好几十天,这个男人都是第一个到豆腐店来买豆腐渣。豆腐店的掌柜也很纳闷,这人看着穿着挺体面,天天买这么多豆腐渣干什么呢?不过,能把自己店里的豆腐渣处理掉,还卖个好价钱,掌柜心里还是挺高兴的。

八戒生来
無正經
高老庄上
把親成
橋夫吹手
把親取
遇着大盛
孫悟空

猪八戒将（娶）媳妇
年代：不详
产地：平度

　　猪八戒被收服之前在高老庄作孽，欲迎娶高小姐，唐僧师徒得知，孙悟空施展法力相救。图中娶亲队伍吹吹打打、热热闹闹，新郎新娘各坐花轿。沉浸在洞房花烛的喜庆之中，新郎猪八戒哪晓得美貌新娘会是猴哥所化。画面构图曲折变化，题材诙谐，观之忍俊不禁。

可是村里另一个人不高兴了,这是一个地主,外号叫"瓷公鸡"。"瓷公鸡"家里有二十多个长短工,他每天要给雇工饭吃,但是又不舍得掏钱让他们吃好,于是每次做饭时,都让厨子往面粉里掺豆腐渣。

雇工们每天干活很辛苦,还吃得这么差,于是都向"瓷公鸡"抗议。"瓷公鸡"却强词夺理说:"豆腐渣怎么了?这里面营养可多了,你们看猪吃了豆腐渣,不是长得又肥又壮吗?"他把雇工比喻成猪,大家伙气得咬牙切齿,但是又无可奈何。

但是这段时间,"瓷公鸡"叫人去买豆腐渣却总也买不到,每次都被别人抢先一步全买走了。他只好把家里的好粮食拿给雇工们吃,真把他心疼坏了。

"瓷公鸡"怕派去买豆腐渣的人和雇工们串通一气,故意说买不到,于是决定自己亲自到豆腐店去买。结果,这天他一大早赶过去,豆腐店掌柜实话告诉她,豆腐渣早就卖完了。

"瓷公鸡"目瞪口呆,问掌柜:"豆腐渣原来都没人要的东西,你都卖给谁了?"

掌柜回答:"有个人每天不到五点就来,豆腐渣都被他包了,你要想买的话也早来呀!"

"瓷公鸡"无可奈何,叨念着那人买豆腐渣干吗用呢?难道也和自己一样给雇工做饭?他很纳闷,想一探究竟。转天一早不到五点,他又跑到豆腐房来,离着老远,就看见一个人挑着一担豆腐渣从豆腐房出来,往石桥那个方向走去。"瓷公鸡"眼珠一转,在后边偷偷跟着。

来到石桥底下,只见那个人把挑子放下,嘴里"嘞嘞嘞——"喊了几声,忽然从石桥底下钻出来一群金光闪闪的东西。"瓷公鸡"悄悄走近几步一看,啊!原来是一窝金猪呀!他数了数,有两只大金猪、七八只小金猪。

只见那人拿着豆腐渣挨着个喂金猪,一边喂,还一边抚摸着每个金猪的脑门儿和背,那些金猪一点也不害怕,好像与那人很熟络。

"瓷公鸡"见此情景,心动不已,他曾经听人说,南方有懂法术的人会"憋宝",能从平日里不起眼的地方找出宝物来,这个人八成就是来"憋宝"的!他心想:我得想办法把这些金猪宝夺过来,下半生可就有享不尽的财富了!

他想好了主意,便躲在暗地里瞅着。不大会儿工夫,那人把豆腐渣喂完了,金猪潜入小河里,天也亮了,那人也走了。

"瓷公鸡"回家后,一天都惦记着那一窝金猪。到了晚上,辗转反侧,一秒钟都没睡。好不容易熬到深夜,他就喊起来十个长工,强迫他们拿着扁担、绳子和箩筐跟他走。

长工们干了一天累活,睡得正香,还没解过乏来呢,半夜三更又被喊醒了,心里非常气愤,嘟嘟囔囔地抱怨。"瓷公鸡"一改往常的凶恶,假扮出笑脸哄大家说:"兄弟们,你们别闹,今天有点急活儿,帮助我去捆几头猪来,我有重赏。今天谁要是不听话,我可不结算工钱!"

大伙没办法,只好跟他走,先来到豆腐店,一看还没开门呢。

245

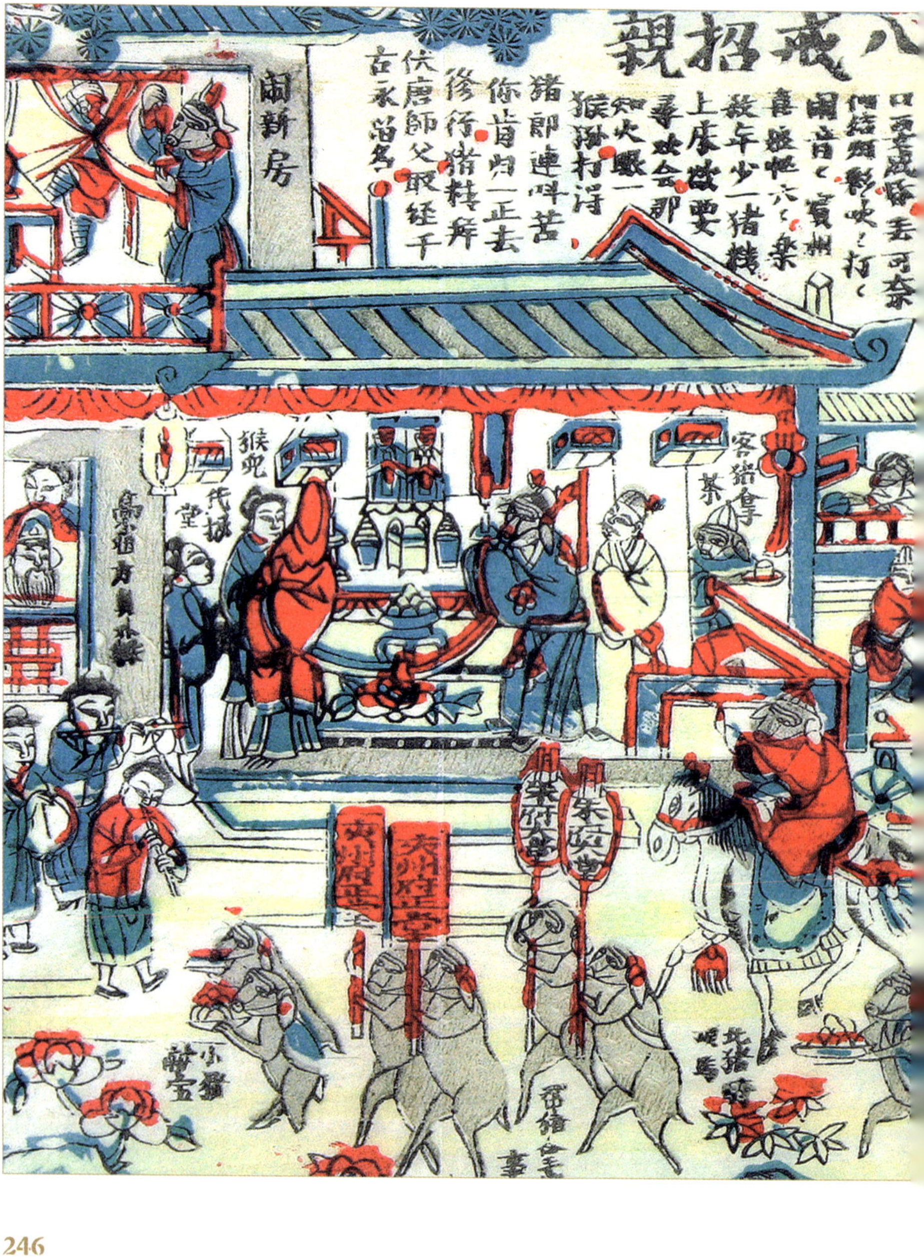
八戒招親
閙新房

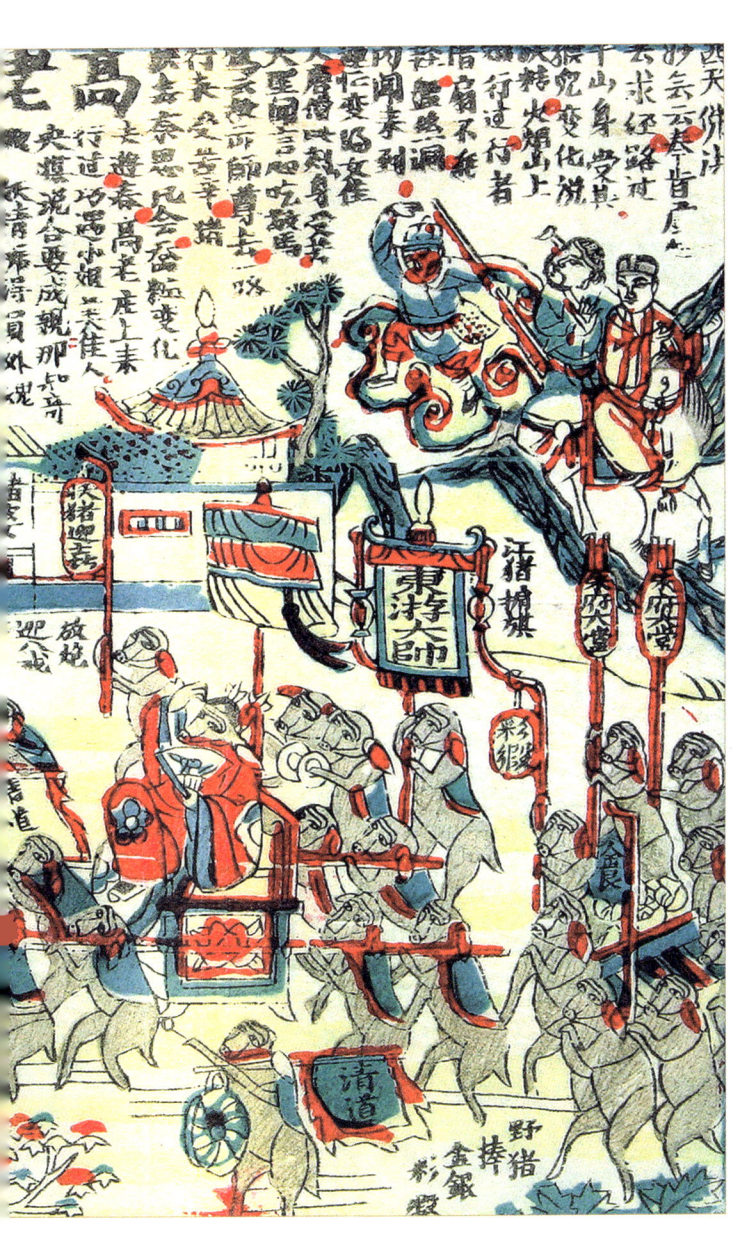

高老庄八戒招亲
年代：清末
产地：桃花坞

"瓷公鸡"急不可待,等不得了,让雇工们使劲儿敲门。

豆腐店的老两口子已经起来了,正在磨豆子准备做豆腐,忽听有人砸门,开门一看吓了一跳,有十多个人,手里都拿着绳子、扁担,还以为是土匪呢。

"瓷公鸡"忙上前说:"掌柜的,别怕,我来买豆腐渣。"

掌柜的一看是"瓷公鸡",才放下心来,说:"天太早,豆子还没磨完呢,才刚出了三个渣坨子。"

"三个也行,快给我吧,回来结账!"说着,拿了豆腐渣,带着长工们火急火燎地跑了,搞得豆腐店掌柜莫名其妙。

来到石桥边,"瓷公鸡"对长工们悄声说:"你们先站在这里别动,也别说话,一会儿听我喊快捆!你们就快跑过去一人捆一头猪,千万别放跑了!捆到一头赏十两银子啊。"

"瓷公鸡"嘱咐完就来到河边,学着前一晚上偷听来的方法,一边撒豆腐渣,一边叫道:"嘞嘞嘞——嘞嘞嘞——"

果然,一只只金猪慢悠悠地从石桥底下钻出来了,正好十只,由两只大金猪带头慢慢走近了。"瓷公鸡"大喊:"快捆!"雇工们刚要动手,结果带头的金猪一听喊声,惊得扭头就跑,小金猪也吱哇乱叫着跑了。

"瓷公鸡"一个箭步蹿过去,一下子搂住了一只最大的金猪。但没想到这只金猪力大无比,拖着"瓷公鸡"一同滚进了河底。那十个长工跑到跟前时,甭说没见着金猪,连"瓷公鸡"的影子也不见了。

这时,那个"憋宝"的人也挑着豆腐渣来了,他一看河边站着十来个大汉,吓了一跳。等他问明白了事情原委,把担子一扔就哭起来了。他说:"这窝金猪,用豆腐渣喂上九九八十一天就到手了,没想到只差最后三天,竟被这个'瓷公鸡'搞砸了……"

"瓷公鸡"淹死了,金猪再没出现过,那个"憋宝"的人也离开了。从此以后,石桥下面的清水小河就变浑了,莲花没了,小鱼和虾蟹也没了。

十四、鲤鱼跃龙门

传说在很久以前,东海里住着一大群鲤鱼。平时,它们在辽阔丰饶的大海中生活,无忧无虑,日子也过得很平静,只是有点无聊。

这一天,一条金背鲤鱼听说人间的禹王要挑选一个能跃上龙门的动物来帮他管护龙门,它很兴奋,觉得这是一个不容错过的好机会,还无私地把消息告诉了大家。其他鲤鱼一听,也都跃跃欲试。它们便成群结队,沿黄河逆流而上,要去龙门挑战一下。

它们游啊游,还没望见龙门的影子,许多鲤鱼便被黄河中的泥沙打得晕头转向,有些鲤鱼放弃了,调转回头,顺流而下游回了东海。

但金背鲤鱼不气馁,它游着游着,发现了一个诀窍,大家摆成一字儿长蛇阵,轮流打前锋,迎风击浪,这样就能省很多的力气。这个方法果然奏效,鱼群日夜兼程,终于游到了龙门脚下。它们把头伸出水面,仰望龙门神采:只见那神奇的龙门两旁,各有一根合抱粗的汉白玉柱。玉柱上雕着活灵活现的石龙。龙身缠着玉柱,高达百丈。龙门中水浪滔天,银亮的水珠飞溅到龙头之上,恰成"二龙戏珠"的奇异彩图。

鱼龙变化
年代：清代
产地：杨家埠

龙门两侧刻着一幅巨大的对联，写的是："海水朝朝朝朝朝朝朝落，浮云长长长长长长长消"。它们看不懂这是什么意思，但是这里景色太美了，远胜过东海，甚至胜过了传说中的蓬莱仙境。鲤鱼们看罢美景，决心留在这里，就向禹王报名应试。

禹王一见大喜，说："鱼龙本是同种生，跃上龙门便成龙。"鲤鱼们一听，立即鼓鳃摇尾，使尽平生气力向上跃去，没想到刚跳出水面一丈多高，就跌了下来，摔在水面上，痛得龇牙咧嘴。但它们并不灰心丧气，坚持日夜苦练摔尾跳跃之功。就这样练了七七四十九天，一下能跃七七四十九丈高。但要跃上那百丈龙门，还差得很远。

大禹见鲤鱼们肯苦练过硬功夫，就点化它们说："好大一群鱼！"金背鲤鱼听了禹王的话，恍然大悟，对群鱼说："禹王说'好大一群鱼'，不正是启发我们要群策群力跃上龙门吗？"其他鲤鱼这时也明白了，齐呼："多谢禹王！"

鲤鱼们高兴得摇头摆尾，一条条瞪眼、鼓鳃，用尾猛击水面，只听见击水声接连不断。一跃七七四十九丈高，在半空中一条为一条垫身，喘口气儿，又是一跃七七四十九丈高。只差两丈了，禹王用手扇过一阵清风，风促鱼跃，众鱼一条接一条地跃上了它们日夜向往的龙门。

那条金背鲤鱼为众鱼换气垫身，帮助同伴们跃上了龙门，唯独自己还留在龙门脚下，但这时已经没有鱼可以帮它了。它寻思道：我可不可以借水力跃上龙门呢？恰巧黄河水正冲在龙门河心的巨

年年有余

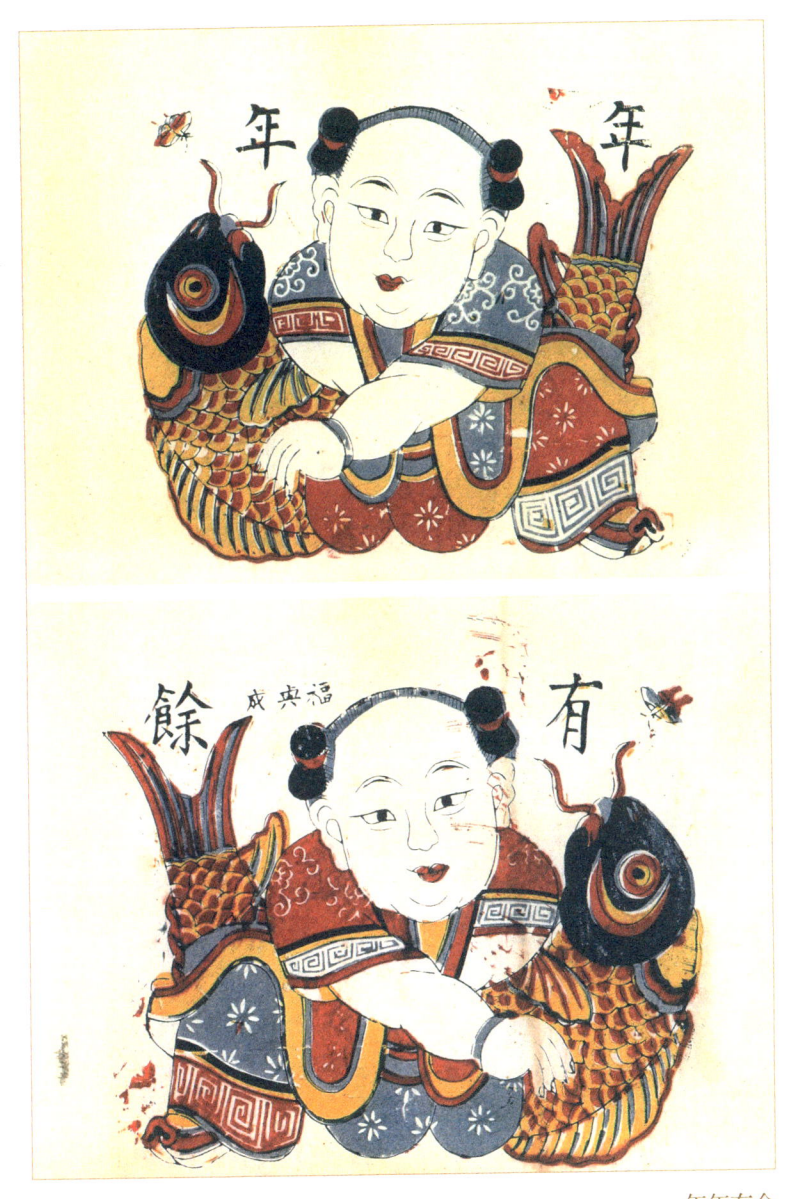

年代：民国　产地：杨家埠

石上，浪花一溅几十丈高，这金背鲤鱼猛地蹿出水面，跃上浪峰，又用尾猛击浪尖，鱼身一跃而起，没想到竟跃到蓝天白云之间。一忽儿又轻飘飘地落在龙门之上，如同天龙下凡。

大禹一见，赞叹不已，随即在这条金背鲤鱼头上点了红，一霎时，鱼龙变化。金背鲤鱼变成一条黄金龙！大禹把其他跳过龙门的鲤鱼也点化成龙，并命黄金龙率领它们管护龙门。

难怪老人传说，过去在黄河上捞鱼的人如果捞到头顶有红的鲤鱼，就立即放回黄河中，那可能是黄金龙幻化而来的呢。

鲤鱼登龙图
年代：清初
产地：杨柳青

十五、神鹰镇宅

鹰象征着勇猛、胜利,是镇宅之神。人们相信神鹰的画像可保佑家宅平安,病者痊愈。此画通常贴在宅院后门。

传说南宋的英雄文天祥,被元朝军队抓获后,元朝的皇帝想说服他投降,便派人把他押往大都。

去大都的路上要经过武遂,文天祥被押到了深州、武邑、武遂交界的齐居村,只见大路上摆着香案,上面有熟食和"冀州衡水酒",有人等在这里,要为文丞相饯行。

摆酒人是抗辽将领焦赞的后代,名叫焦佐。此人性情刚烈,为人豪爽,多次向南宋朝廷请求抗元,都没有得到回音,焦佐一气之下隐居此处,与老母相依为命。

焦佐养了一只神鹰,平日里以打猎为生。他跟文丞相过去有交情,听说羁押文丞相的车队要路过,便想救下丞相,与他一道回到宋营,齐心抗元。他做了很多准备,等了很长时间。

但是,焦佐的计划被元军首领得知,元军一面命人押解文天祥直奔武遂城,一面与焦佐就地展开激战。焦佐虽然武艺高强,但寡

镇宅神鹰
年代：清代
产地：武强

一转项神鹰目光犀利，单腿立于山石之上，旁有牡丹花，因鹰为镇宅保平安之物，牡丹象征富贵，故此图寓意平安富贵。画面上方有敕令五雷及镇宅神印，体现神鹰的法力及功效。配有诗文："镇宅神英（鹰）墙上悬……财源会海有百川。"

不敌众啊，死在元军的乱箭之下。

神鹰一见主人被杀，拼命向元军首领袭来。只见神鹰抖开翅膀，像刀一样劈了过来，爪抓如钩挠，打得元军首领只有招架之力，无有还手之功，一下被神鹰击中要害，当即毙命。可是敌人太多了，神鹰最终还是身中数箭，坠地而亡。

文丞相心中悲痛不已，在被羁押的地方，他挥笔泼墨，作了一幅《苍松雄鹰图》以表对英雄焦佐的怀念。

画好后，托店主寻到武强有名的裱画大师，装裱好后交给焦母。焦母将《雄鹰图》视为珍宝，挂在自己寝室内，朝朝欣赏，就像见到自己的儿子一样。从这以后，不知为什么，焦母家的院里每天都会出现一堆新猎获的山禽野味，除日常食用外，还可拿到市场上变卖一些，维持生计。

元军被偷袭后，总想报仇。有一天他们想找焦母的麻烦。结果刚来到门前，发现门楼上正蹲着一只雄鹰，眼神犀利，虎视眈眈。那鹰见元军走近，展翅俯冲下来，又啄又抓，连伤几名元军，吓得他们狼狈逃窜，从此再也不敢来捣乱了。

焦母去世之后，乡邻替她办完丧事，忽然看到有一雄鹰从焦母室内飞出，纸窗上撞破了一个大洞。再看墙上那幅《雄鹰图》，却成了一张白纸。人们这才明白，原来当年就是这张画上的神鹰为焦母打猎，帮她维持生计，并赶走了元军，保护了焦母和村里的安全。

打那以后，许多人都在家里挂一张神鹰图，以求驱邪避恶。后来《神鹰镇宅》出现在很多大街小巷，人们通过这张年画，怀念神鹰，怀念英雄。

十六、驴子的夜眼

传说中八仙之一的张果老,他的坐骑是一头又瘦又黑的毛驴。张果老云游四方,会仙拜友,都会骑着这头毛驴。

单说这头黑毛驴,每天一到晚上,两眼就什么也看不清了,眼前模糊一片。毛驴跟着张果老的时间久了,渐渐地有了一些灵性。

有一天,毛驴说话了,它对张果老说:"主人啊,我的眼睛,在白天差不多可以一望千里,但是在晚上却一点东西也看不清。您能不能用法力帮帮我,让我在夜里看东西也和白天一样?"

张果老听了摇了摇头说:"我没有这么大的本事,我只不过是人仙,集则成形,散则成气,要叫你的眼睛看物昼夜一样,我的法力还不够啊。"

毛驴听了有些丧气。张果老又想了想说:"别伤心,我有个办法。听说王母娘娘有个夜光宝镜,这个镜子若凡人带在身上,夜里能看清百里之内的东西;如果神仙带在身上,夜里能看清千里之内的景物。等今年开蟠桃会的时候,你跟我一起去。我向王母娘娘说明此事,你就求她把夜光宝镜赐给你。如果王母娘娘大发慈悲,赐你宝镜,你的双眼就昼夜一样了。我会在一旁帮你说情。"

顺风得意发财还家

年代：清末　产地：杨柳青

画中人物身背包裹，手执鞭子，兴高采烈地赶着毛驴回乡。毛驴上驮着一女子，此景引来了乡亲们新奇、羡慕的目光，使人产生外出多年发财娶妻的联想。画面构图清新，人物生动，景色优美，突出了古镇杨柳青的地域特色。

順風得利

踏雪寻梅
年代：清代
产地：杨柳青

过了一阵，蟠桃会要召开了。这天，王母娘娘在瑶池大摆酒宴。各路神仙都来聚会。待宴会完结，各路神仙都陆续拜别而去的时候，张果老拖在最后，他上前给王母娘娘叩头，说道："娘娘，小仙有事要奏明娘娘。"

王母今天心情很好，问道："有何事？"

张果老说："在凡间帮凡人做事的生灵很多，可是它们中夜间能视景看物的却没有，请娘娘大发慈悲，封一种动物长有夜眼的吧？不说别的，就连小仙座下毛驴在夜间什么也看不清。"

这时，张果老的毛驴也跪在王母娘娘面前，求她把那面夜光宝镜赐给它。

王母娘娘听张果老说得有道理，又见毛驴可怜，便说："好，听你之言，就封凡间四足者，都有夜间视物的本领，看路途如同白昼。"王母娘娘看了看毛驴，又对张果老说："我赐你的坐骑一面夜光宝镜，安在神驴

赵州桥
年代：不详　产地：杨柳青

的左腿上方，它就能夜视千里了。"

张果老双手接过宝镜，连声称谢，然后把宝镜安在了毛驴的左前腿上。

毛驴有了夜光宝镜后，顿觉浑身力量倍增，眼明神清，高兴得连蹦带跳。张果老心中也是十分欢喜，心想，又给下界凡间做了一件大好事，人们可以夜间驾车赶路了。

告辞后，张果老骑上毛驴，出了瑶池，一阵清风回到了蓬莱岛仙洞住处。从此，世间驴腿上多了一块膏药样的黑痣，不长毛，光亮亮的，传说这就是那面夜光宝镜。

附录

中国木版年画的人文价值

冯骥才

在我国灿如繁星的民间美术中,木版年画是最夺目的。不仅由于它题材广博,手法斑斓,地域风格多彩多姿,其他任何民间美术都无法与之攀比;若论其人文蕴含之深厚,信息承载之密集,民族心理表现之鲜明与深切,更是别的民间美术难以企及的。虽然自上世纪初期,木版年画渐入式微,但它至今留下的遗存仍是农耕文明一宗巨型的财富。

木版年画并不完全等同于年画。广义的年画是一种岁时的绘画,早期这种绘画为手工绘制,卷轴形式,传统的国画技法。而狭义的用木版印刷的年画则是一种年俗艺术。只有大众过年时对年画有一种不可或缺的需求——即民俗需求,木版年画这一画种才会真正地确立起来。

木版年画的出现与雕版印刷密切相关。我国的雕版印刷兴于唐,盛于宋。在宋代,逢到岁时,以木版印刷的神灵乞求平安的习俗已出现。但是，更完备的张贴年画的风俗真正形成应是明末清初。尤其是"康乾盛世"，使得这五彩缤纷的风习普及到九州广大的乡野。就其本质而言，木版年画不是单纯的艺术。在民间的生活中，它更是一种风俗的需要，是年俗的方式与载体。浓厚的人文精神与年心理便注入其间。年画自然也就不是一般意义的绘画了。

一　反映辟邪与祈福的年心理

在数千年漫长的农耕社会，人们生活的节律与大自然的四季同步——从春耕与夏种到秋收和冬藏。为此，一年中的节庆莫过于年。年是大自然与生活旧的一轮的终结，又是新一轮的开始。年的意义对于农耕时代的古人，比起工业社会的现代人要重要得多，也深切得多。岁月的转换在古人的生命中可以清晰地被感知到。每逢年的来临，心中油然生发的是对未知的新的一年幸福的企盼，以及对灾难与不幸的回避和拒绝。所以辟邪与祈福是最基本的年心理。

这年心理中辟邪的部分，最初是被桃符、门神和爆竹表达出来的。在现代科学到来之前，人类与大自然的对话所凭借的是自己感悟和想象出来的神灵。由于灾难的威胁远比锦上添花的福分更为人们关切，所以首先进入年俗并成为一种雏形的木版年画的，是作为神灵崇拜的纸马。已知宋代的纸马有"钟馗、财马、回头鹿马"等数种。这里边有辟邪的内容，也有祈福的含义。有人认为宋代画家刘松年那幅失传的《新年接喜》、苏汉臣的《开泰图》和李嵩的《岁朝图》这些节令画就是一种准年画，而且有一种岁时祈福的含义。其实这种在过年时拿出来挂一挂的吉祥瑞庆的图画在史籍中记载得很多。虽然它还不是木版印刷品，更不是广大民间过年时使用的风俗用品，但这表明祈福是普遍存在的年心理。等到这些祈福的愿望真正成为年画的主题，并进入了风俗范畴，祈福的题材就变得汪洋恣肆了。

二　是对生活幸福的理想化

从民俗学角度去看，春节是中国人一种伟大的创造。出于对生活切实又强烈的热望，而把年看作步入未来的一个充满希望的新生活的起点。一方面，着力地去用比平常生活丰盛得多的新衣和美食，使生活接近于理想，把现实理想化；另一方面，又大事铺张地以吉瑞的福字、喜庆的楹联和画满心中向往的图像的年画，把理想布满身边，把理想现实化。再加上灯笼、祭祖、祭灶、年夜饭、鞭炮、空竹、糖瓜、吊钱、窗花、迎财神、拜年、压岁钱等这些过年专有的风俗性的事物与事项，将岁时营造成一个极特殊的、美好的、虚拟却又可以触摸的时间与空间。这是一些被强化和夸张了的日子，一种用理想的色彩搅拌起来的缤纷的生活，也是农耕时代的中国人创造的年文化。而在这独特的文化中，年画唱主角。

面对年画，人们可以直观地看自己心中的想象。一切对生活的欲求与向往，比如生活富足、家庭安乐、风调雨顺、庄稼丰收、仕途得意、生意兴隆、人际和睦、天下太平、老人长寿、小儿无疾、诸事吉顺、出行平安，等等，都在年画上。其中金钱的形象是民间年画中最常见的形象。杨家埠、武强和杨柳青的木版年画都有挂满金钱的摇钱树。山西临汾地区甚至有一种把金钱作为敬祀对象的纸马，更别提民间无处不在的财神了，但这并不能说是一种拜金主义。在物质匮乏的农耕时代，它只是生活幸福的理想化的符号罢了。就其本质而言，年画是理想主义的图画。不管年画中有多么真切的生活场景和细节，但它所展示的却是普通大众理想主义的形象世界。特别是在送旧迎新的日子里，这些画面就分外具有感染力和亲切感，给人们带来安慰、鼓励、希冀；为年助兴就是为生活助兴。还有哪一种民间艺术能够如此充分地展示人们的生命理想与生活情感？所以年画中最重要的价值是精神价值。

三 功能内涵和文化记忆

年画中另一层民俗内容是在张贴上。民俗是经过约定俗成，最终成为一种共同遵守的生活规定与文化的规范，谁也不能违抗。年画的张贴时间（比如灶王、财神、门神、各种纸马等）、地点（大门、影壁、房门、仓房、炕围、窗旁、水缸、钱柜、舱门、车厢、马厩、猪圈、牛棚等）及其张贴的具体部位和内容都有严格的规定。在规定的时间，把特定的年画贴在规定的位置上，是一种民俗行为。而在不同地域，生活环境不同，年画的需求不同，也就自然会产生不同体裁的年画来。此中包含着作为非物质文化遗产的十分丰富的文化记忆。因此，这些内容也是本次中国木版年画普查的重点之一。

木版年画的功能与内涵是多样的。有祖先崇拜、自然崇拜，有宗教信仰的成分，也有教化、传播和装饰美化的意义。

木版年画往往是广大民间进行道德伦理规范、生活知识教育、文化艺术传播的重要工具。木版年画所涉及的历史、宗教、神话、传说、小说、生产、建筑、风光、戏曲、自然、游戏、节庆和社会生活之广阔，可谓无所不包。在农耕时代，戏曲艺术的魅力不小于今天的电影电视，木版年画描绘过的戏出多不胜数，各地的戏曲年画所表现的又多是自己的地方戏，不少在年画上绘声绘色出现过的剧目如今早已绝迹不存；此外究竟还有多少小说与传说被搬到木版年画上？单说《白蛇传》和《天仙配》，就被各个产地、各个时期以各种形式——单幅、多幅、成套的条屏以及连环画一遍又一遍地描绘过。

至于那种无以数计的民俗风情的年画，带着不同地域与时代的气质，记录下大量的珍贵的人文信息，是木版年画留给我们的宝贵财富。特别需要注意的是，这些画面都是农民独特的视角。农民是木版年画的原创者。他们的画笔与刻刀直接反映着自己的爱憎、趣味、生活态度、文化心理以及价值观。俄罗斯圣彼得艾尔米塔什博物馆收藏一幅杨柳青的木版年画《一人一性，百鸟百音》，表达着农民对人的不同性格的一种宽容的心态，由此让我们了解到民众对人际之间和谐美好的企望。还有一幅《猪羊一刀菜》，描绘屠夫宰杀一头大猪后，小猪崽们到天上玉皇大帝那里去告状。玉皇大帝劝告小猪崽们要宽心，因为"猪羊活在世上，只是供给人们的'一刀菜'罢了"。农民正是用这种诙谐的方式来化解掉世间的弱肉强食带来的不平。这诙谐是不是也含着一种嘲讽与无奈？如此深刻地外化农民心灵的年画何止这两幅。它们大量地深藏在年画的遗存中。然而，这遗存却不为人知地散布在田野里。

特别值得注意的，是清末民初那些表现当时社会情景与重大事件的木版年画。从中体现出农民的政治敏感和思维视野不亚于大都市的时事画刊。在杨柳青、桃花坞、杨家埠、小教场、武强等产地中都曾有不少这样的作品问世。它们一反传统，十分写实，细节非常逼真，在照相术尚未流行之时，这些木版年画竟成了当时社会的琳琅满目的写真。在这个层面上，其他哪一种民间美术能够与之相比？

四　结　语

数百年的木版年画的历史究竟创造了多少画面，无人能做出回答。年画是消费品，没人保存，也没人将其视为历史文化，即使到了20世纪年画走上消亡，仍不为世人重视与收藏，更别提各种人为的损坏与销毁。但如今只要在民间发现一幅老画或一块古版，竟然大多仍是不曾见过的孤品！存世于中外的年画应该数以万计。在这如此浩瀚的木版年画作品中,蕴藏着的是农耕时代中国民间立体的影像,广角的生活与社会,还有过往不复的精神情感。木版年画的人文价值可以说,既是深不见底,又是浩无涯际。

(节选自冯骥才先生为《中国木版年画集成》撰写的总序《中国木版年画的价值及普查的意义》)

年画传奇

尉遲敬德

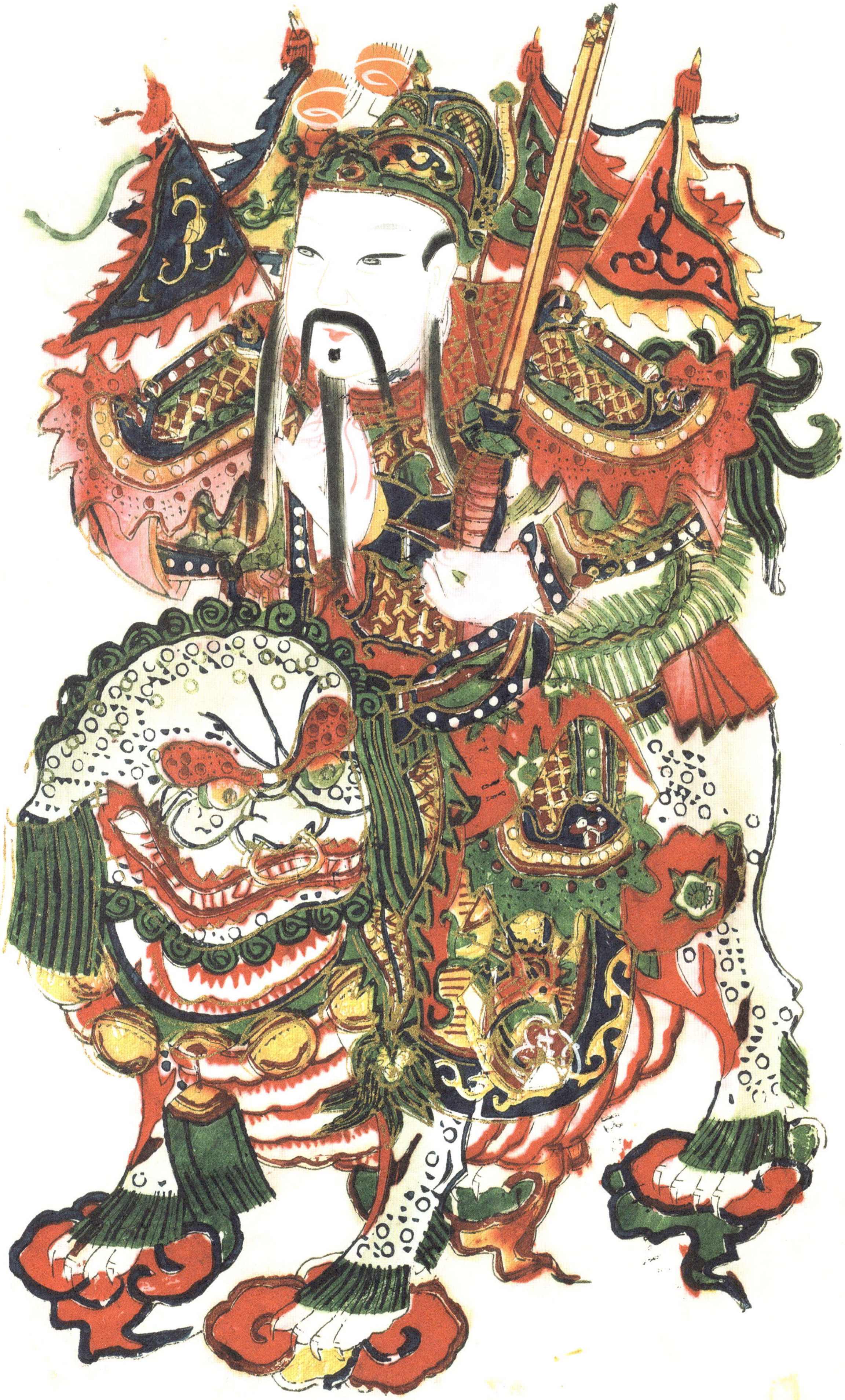

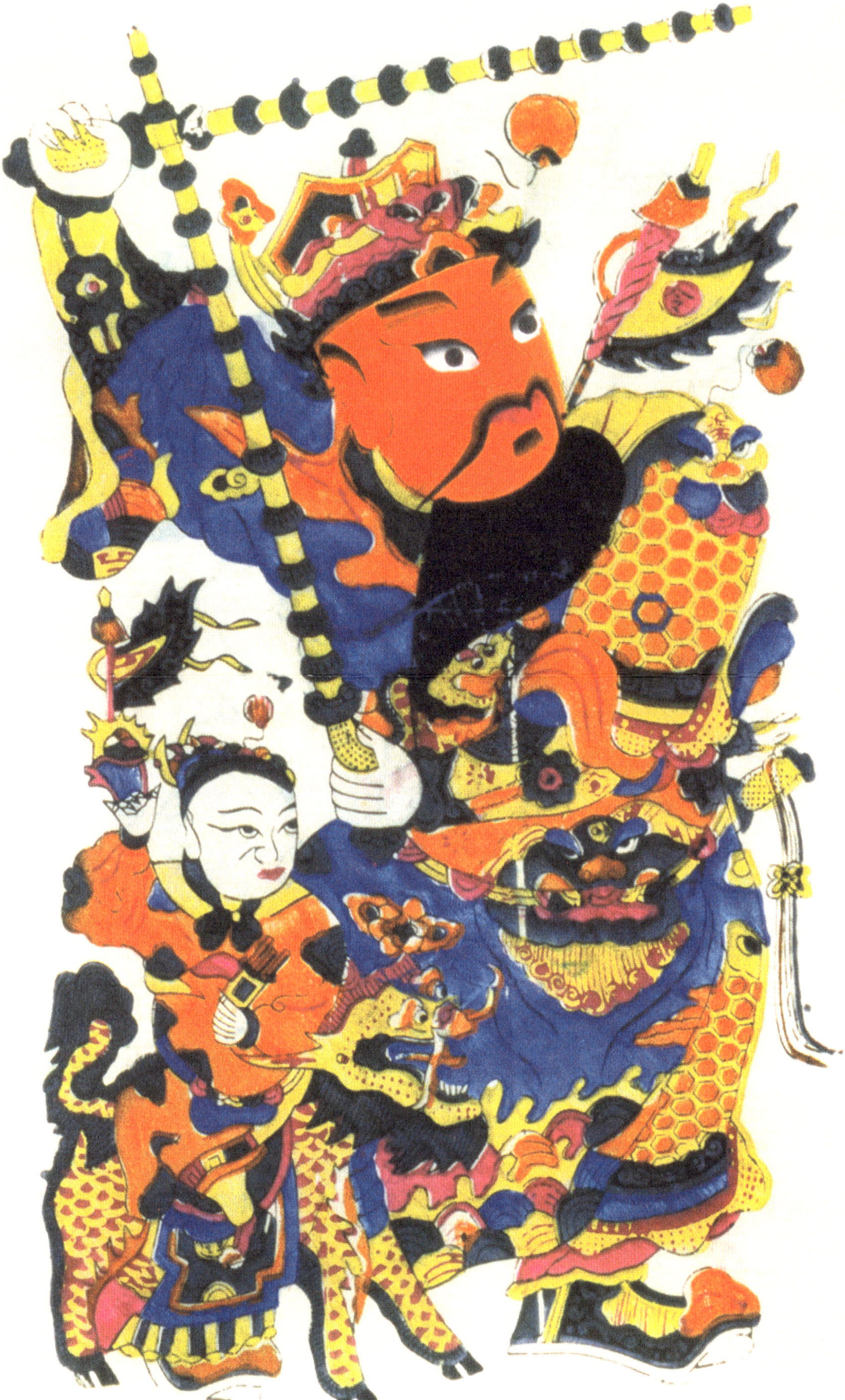

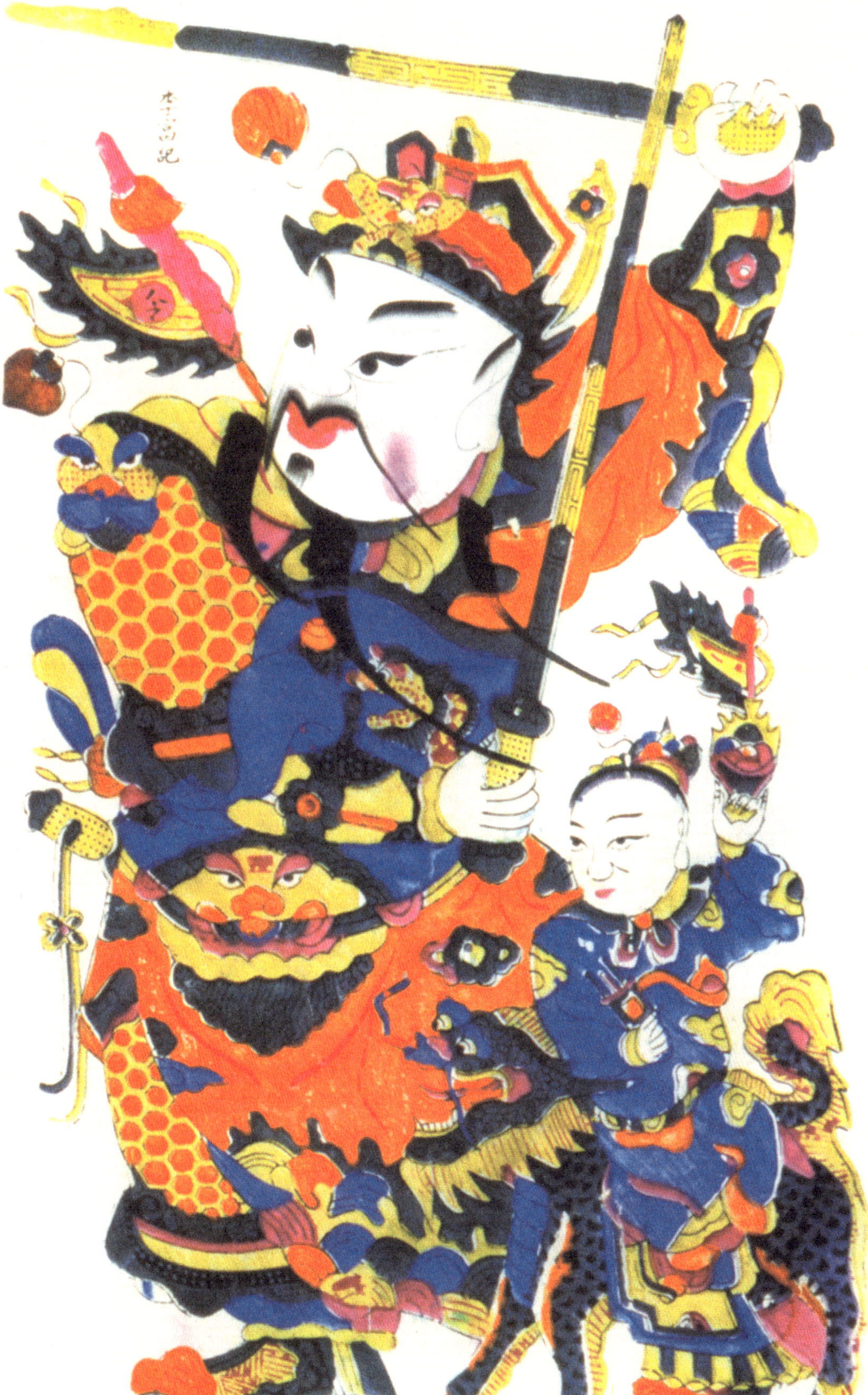